8798

LE TRIOMPHE

DE

PRADON

A LYON.

1684.

EPISTRE

A ALCANDRE.

AMY de la Justice & de la Verité,
   Alcandre, dont l'esprit est rempli
  de clarté,   (ques,
Admiré des savans, Critique des Criti-
Qui puises ton Discours des Salines
  Attiques.
Il est temps de montrer d'un Rimeur
  insolent
Le merite imposteur & le petit talent.
    Ce Chantre sans vigueur, sans art
  & sans genie,
Qui des accords qu'il note, ignore l'har-
  monie,
N'est qu'un mélancholique, un farouche
  hibou,
Qui pour voir la lumiere, osa quitter
  son trou;   (cile
Qui faux imitateur d'Horace & de Lu-
Infecta le public des vapeurs de sa bile,
Et qu'õ ne voit paré que devols déguisés,
De morceaux recousus, & d'ornemens
  usés.

EPISTRE

Qu'il est divertissant dans sa noble Préface,

Où pour justifier ses airs & son audace,

D'un remors scelerat empruntant tous les Traits,

Par crainte il fait semblant d'abjurer ses forfaits!

Que cet homme important, ce grand Panegyriste,

Dresse un beau Mausolée à la gloire d'Ariste.

Quand de ses vers malins il le rend protecteur,   (l'Auteur!

Et de son cher Lutrin le complice &

A l'entendre parler, il en fit ses delices,

Il adoroit sa veine, il aimoit ses caprices.

Sans ce fidelle Achate il n'eust sçeu faire un pas:

L'un étoit le David, l'autre le Jonathas.

Non, je ne puis souffrir une telle im-
posture;   (fait cette injure.

C'est pour se faire honneur, qu'il lui
            Il entreprend d'abord l'Eloge de
son Roy.   (employ.

Pour un simple Escolier c'est un terrible

Cependât à lui voir enôner la Trôpette,

Il semble faire honneur au dessein qu'il
projette,   (Sujet,

Et qu'à l'air negligeant dont il voit son

Il ait pris pour ſa Muſe un trop petit
 objet.
L'inépuiſable fonds de grandeur & de
 gloire,
Que luy fournit ce Roi, Maiſtre de la
 Victoire,
Ses ſublimes Vertus ; ſes faits prodigieux
Sur l'eternel airain conſacrés dans les
 Cieux,   (.ge :
Ne peuvent l'attacher à leur ſeule loüan-
Sans ceſſe il les ternit par un honteux
 mélange,
Il voltige, il s'égare, il rit hors de propos,
Et pour mieux s'admirer quitte là ſon
 Heros.
    Ailleurs, plus liberal ce moderne
 Ariſtarque,
Va prodiguer l'encens qu'il épargne au
 Monarque,
Et par l'eſpoir du gain qu'il condamne
 en autruy,
Chercher des Mecenas, mendier de
 l'appuy.
Contre ſon naturel avec chaleur il loüe
Tel qui hait ſon encens & qui l'en de-
 ſavoüe.
Soit qu'il loüe, ou qu'il blame, imper-
 tinent Acteur,

EPISTRE

Critique fans raifon, & plus méchant
    flateur.
      Mais qu'a-t'il pretendu par fon Art
    Poëtique?
Eftropier Horace en ftyle methodique?
Pour coudre à fes Leçons des Preceptes
    nouveaux.
Pourquoy le déchirer & le mettre en
    lambeaux?
Scaliger & Vida font maniés de même,
Il les a traveftis avec un foin extréme.
Il fait tout ce qu'il peut pour eftre
    original,   mal!
Mais s'il emprunte bien, qu'il en profite
      Voyés comme il nous montre en
    phrafes pathetiques,   giques,
L'Art de reprefenter les Hiftoires tra-
Debitant par fes Vers avec fafte étalés,
La craffe de l'Ecole en dogmes am-
    poulés.
      Ah! que s'il euft ofé monter fur le
    Theatre,   idolatre!
Il euft bien-toft rendu tout le Monde
D'une Hecube qui jappe exprimant les
    douleurs,   (pleurs!
Que fa trifte figure euft arraché de
Et qu'il auroit bien fçeu, querellant Ciel
    & Terre,

User en brouhahas les poulmons du
    parterre:
        Si prenant l'escarpin, Timon face-
    tieux,   (cieux,
Il eust voulu paroistre en son air gra-
Que nous peignant les mœurs d'une fine
    maniere,
Il auroit déconfit & Terence & Moliere.
Moliere, qu'il nommoit son Maistre &
    son support,
Qu'il adora vivant,& qu'il déchire mort.
        Admirons de quel soin sa Muse est
    occupée   popée,
A faire un riche amas des loix de l'E-
Lors qu'il en auroit pû charmer tout
    l'Univers,   Vers?
Devoit-il pour la Prose abandonner les
Ne se souvient-il plus qu'à nôtre grand
    Alcide,
Il s'étoit engagé de faire une Eneïde,
Et que fier du succés de son fameux
    Lutrin,
Il devoit faire honte à l'Empire Latin?
        Mais quoy? ce beau Lutrin où son
    esprit s'égare,   zarre,
Cet enfant monstrueux d'un caprice bi-
Où par le stile froid dont il fut l'inven-
    teur,   (teur;
Il trouva le secret de morfondre un Lec-

EPISTRE

Où l'on voit plus de Dieux que l'on n'en
    vit à Troye,
Dont sa veine sterile allonge la couroye;
Où par les incidens qu'il pille chés autruy,
Il tâche d'ánoblir ce peu qui vient de luy,
Et d'un discours bouffi, confus & penda-
    tesque
Rend Arioste triste, & Virgile burlesque;
Où de son attentat le Lecteur étonné
Attend le châtimét d'un Temple profané,
Quand il fait sans respect par des jeux
    temeraires
De la Religion badiner les Mysteres,
Et sans en concevoir le moindre repentir,
Espouvente l'esprit, loin de le divertir;
Où tout sanglant encor de son huitre
    à l'écaille,
Pour finir son Poëme il forge une bataille,
Et prenant chés Barbin les armes du
    combat,
Acheve en harlequin un Ouvrage si fat:
Ce Lutrin dont il fait un si sot badinage,
Auroit-il à ce point enflé só grád courage,
Qu'il osât aspirer au glorieux employ,
D'élever un Trophée à l'honneur de son
    Roy?
    On voit le méme esprit animer
sa Satyre.

Il s'en sert seulement pour mordre &
    pour médire.
Et toûjours par caprice, & jamais par
    raison ,   (poison.
Verse indifferemment son fiel & son
        Ah ! qu'il le fait beau voir lors qu'il
    s'enfle & se guinde .
Ce Corbeau deniché des Montfaucons
    du Pinde,
Faire tout retentir de ses croassemens,
Et des morts immortels ronger les osse-
    mens !
        Que s'il répand par tout sa noire
    medisance,
N'a-il pas exalté Racine en recompense?
Cét Autheur qui r'anime Alexandre,
    Pyrrhus,
Achille, Bajazet, Hyppolite, Titus,
Quand pour se divertir tous ces grands
        personnages
Viennent en Celadons masqués dans ses
    Ouvrages;
        Mais pour connoistre à fonds ses
    chef-d'œuvres divers,
Qu'on mette en un creuset Racine &
    tous ses Vers,
Pour qui ses Partisans ont tant crié
    merveille,   (neille
On n'en tireroit pas une once de Cor-

EPISTRE, &c.

Si Boileau de Racine embraſſe l'in-
  tereſt,   (preſt,
A defendre Boileau Racine eſt toûjours
Ces Rimeurs faux-filés l'un l'autre ſe
  chatoüillent,
Et de leur fade encens tour à tour ſe
  barboüillent.
      Maintenant tranſplanté du Palais
  à la Cour,
Nôtre heureux Myſantrope eſt dans ſon
  plus beau jour,
Les fruits qu'il a produits nous font aſſés
  entendre
Quel doit eſtre le gouſt de ceux qu'il
  fait attendre.
On s'en promet en vain quelque choſe
  de mieux,
Il eſt d'un acabit malfaiſant vitieux,
Sur ce noir ſauvageon, c'eſt en vain que
  l'on greffe,
Il faut le renvoyer à la poudre du Greffe:
Mais je finis; ma main laiſſe aller ſon
  Pinceau.   (bleau.
Alcandre, c'eſt à toy d'achever ce Ta-

PREFACE

IE m'étois perfuadé avec quelque
apparence que l'Autheur fatyrique
dans une feconde Edition, ne manque-
roit pas de corriger fes ouvrages; mais
puifqu'il ne s'eft pas voulu donner cette
peine, je crois qu'il eft à propos de la
prendre pour luy. Et s'il n'eft pas d'humeur à en profiter, j'efpere aumoins que
le public en pourra tirer quelques lumie-
res qui ne feront pas tout à fait inutiles.

Examinons donc un peu ce Critique,
exterminateur du menu peuple du Parnaffe, qui a tracé de fi belles Reigles aux
Poëtes.

Cét Atyla badaut, le fleau des petits
Autheurs, ce fameux Defpreaux qui a
eu l'Art d'impofer fi long temps avec le
plus foible talent du monde, quelque
nouvauté dans fes manieres, fes citations
modernes, fes emiftiches revez, quelques vers frapans, enfans d'une longue
meditation, mal amenés fouvent, & plus
mal placés, ont d'abord furpris & abufé
bien des gens. Il a joüi quelque tems de

l'approbation de la multitude: mais aprés un peu de reflexion, on n'a plus crié au miracle, on a ouvert les yeux, on a connu qu'il étoit homme, & comme tel, capable de faire des fautes. Nous admirerons, s'il le veut ainsi, la force de ses vers, & la nouvauté de ses expressions, mais il nous permettra en même tems de remarquer la sterilité de son imagination, & la petiteße de son genie. Nous loüerons ce qu'il y aura de bon dans ses ouvrages, & nous prendrons la liberté de blâmer ce qu'il y aura de mauvais.

Commençons par le Discours au Roi, qui n'a pû manquer, comme il est en effet, d'estre le premier écueil de cét Autheur. Car quand son esprit est obligé à ne penser rien que de sublime malgré son Longin & son cher Terentianus, il n'a point d'ailes pour voler, il faut qu'il redescende aussitost à la satyre, & cherche quelque miserable Autheur à déchirer.

DISCOVRS
AV ROY.

IEUNE & vaillant Heros, dont la haute Sageſſe
N'eſt point le fruit tardif d'une lente vieilleſſe :
Et qui ſeul, ſans Miniſtre, à l.exemple des Dieux,
Soûtiens tout par Toy-méme, & vois tout par tes yeux.
GRAND ROY, ſi juſqu'icy, par un trait de prudence,
J'ay demeuré pour Toy dans un humble ſilence ;
Ce n'eſt pas que mon cœur, vainement ſuſpendu,
Balance pour t'offrir un encens qui t'eſt (dû,
Mais je ſçay peu loüer, & ma Muſe tremblante
Fuit d'un ſi grand fardéau la charge trop peſante ;

A

Et dans ce haut éclat où Tu te viens
  offrir,
Touchant à tes Lauriers, craindroit de
  les flétrir.
  Ainsi, sans m'aveugler d'une vaine
  manie,
Je mesure mon vol à mon foible genie,
Plus sage en mon respect, que ces hardis
  Mortels,
Qui d'un indigne encens profanent tes
  Autels;
Qui dans ce champ d'honneur, où le
  gain les ameine,
Osent chanter ton Nom sans force &
  sans haleine,
Et qui vont tous les jours d'une im-
  portune voix,
T'ennuyer du recit de tes propres
  Exploits.
  L'un en stile pompeux habillant une
  Eglogue,
De ses rares vertus Te fait un long
  prologue,
Et mesle, en se vantant soy-même à
  tout propos,
Les Loüanges d'un Fat à celles d'un
  Heros.
  L'autre en vain se lassant à polir une
  rime,

Et reprenant vingt fois le rabot & la lime,
Grand & nouvel effort d'un esprit sans
    pareil !
Dans la fin d'un Sonnet Te compare au
    Soleil.
  Sur le haut Helicon leur veine méprisée,
Fut toûjours des neuf Sœurs la fable &
    la risée :
Calliope jamais ne daigna leur parler,
Et Pégase pour eux refuse de voler:
Cependant à les voir enflés de tant
    d'audace ;
Te promette en leur nom les faveurs du
    Parnasse,   (pollon,
On diroit qu'ils ont seuls l'oreille d'A-
Qu'ils disposent de tout dans le sacré
    Vallon.
Cest à leurs doctes mains, si l'on veut
    les en croire ,
Que Phebus a commis tout le soin de
    ta gloire :
Et ton Nom du Midi jusqu'à l'Ourse
    vanté,   (lité.
Ne devra qu'à leurs Vers son immorta-
Mais plûtost sans ce Nom, dont la vive
    lumiere
Donne un lustre éclatant à leur Veine
    grossiere ,   (vers,
Ils verroient leurs écrits honte de l'Uni-

Pourir dans la pouffiere, à la merci des
    vers.
A l'ombre de ton Nom ils trouvent leur
    azile,
Comme on void dans les champs un
    arbriffeau debile
Qui fans l'heureux appui qui le tient
    attaché,
Languiroit triftemēt fur la terre couché.
    Ce n'eft pas que ma plume injufte &
    temeraire,
Veüille blâmer en eux le deffein de Te
    plaire.
Et parmi tant d'Auteurs, je veux bien
    l'avoüer.
Apollon en connoift qui Te peuvent
    loüer.
Oüi, je fçay, qu'entre ceux qui t'adref-
    fent leurs veilles,
Parmi les Pelletiers on conte des Cor-
    neilles.
Mais je ne puis fouffrir, qu'un efprit de
    travers,
Qui pour rimer des mots penfe faire
    des Vers,
Se donne en Te loüant une gefne inutile.
Pour chanter un Augufte ; il faut eftre
    un Virgile.

Et j'approuve les soins du Monarque
    guerrier,
Qui ne pouvoit souffrir, qu'un Artisan
    grossier   (nelle,
Entreprist de tracer d'une main crimi-
Un Portrait reservé pour le pinceau
    d'Apelle.
    Moi donc, qui connois peu Phebus &
    ses douceurs :
Qui suis nouveau sevré sur le Mont des
    neuf Sœurs :
Attendant que pour Toy l'âge ait meuri
    ma Muse,   (muse:
Sur de moindres sujets je l'exerce & l'a-
Et tandis que ton bras des peuples
    redouté,
Va, la foudre à la main, rétablir l'Equité,
Et retient les méchans par la peur des
    supplices,
Moi, la plume à la main, je gourmande
    les vices,
Et gardant pour moy-méme une juste
    rigeur,
Je confie au papier les secrets de mon
    cœur.   (veille:
Ainsi, dés qu'une fois ma verve se ré-
Comme on void au Printemps la dili-
    gente Abeille,

Qui du butin des fleurs va compofer
    fon miel ;
Des fottifes du temps je compofe mon
    fiel.
Je vais de toutes parts où me guide ma
    veine,
Sans tenir en marchât une route certaine,
Et fans géner ma plume en ce libre métier
Je la laiffe au hazard courir fur le papier.
   Le mal eft qu'en rimant, ma Mufe un
    peu legere
Nomme tout par fon nom, & ne fçauroit
    rien taire.
C'eft là ce qui fait peur aux efprits de
    ce temps,
Qui tout blancs au déhors, font tout
    noirs au dedans.
Ils tremblent qu'un fenfeur que fa verve
    encourage,
Ne vienne en fes écrits demafquer leur
    vifage,
Et foüillant dans leurs mœurs en toute
    liberté,
N'aille du fond du Puits tirer la verité.
Tous ces gens éperdus au feul nom de
    fatire,   (rire.
Font d'abord le procés à quiconque ofe
Ce font eux que l'on voit, d'un dif-
    cours infensé,

Publier dans Paris, que tout eſt renverſé,
Au moindre bruit qui court, qu'un
   Auteur les menace
De joüer des Bigots la trompeuſe gri-
   mace.
Pour eux un tel ouvrage eſt un monſ-
   tre odieux ;
C'eſt offenſer les loix, c'eſt s'attaquer
   aux Cieux :
Mais bien que d'un faux zele ils maſ-
   quent leur foibleſſe,
Chacun voit qu'en effet la Verité les
   bleſſe.
En vain d'un lâche orgueil leur eſprit
   reveſtu
Se couvre du manteau d'une auſtere
   Vertu :
Leur cœur qui ſe connoiſt, & qui fuit
   la lumiere,
S'il ſe mocque de Dieu, craint Tartuffe
   & Moliere.
   Mais pourquoi ſur ce point ſans rai-
   ſon m'écarter ?
GRAND ROI, c'eſt mon défaut, je ne
   ſçaurois flater.
Je ne ſçai point au Ciel placer un ri-
   dicule,
D'un Nain faire un Atlas, ou d'un lâ-
   che Hercule ;

Et sans cesse en esclave à la suite des
　　Grands,
A des Dieux sans vertu prodiguer mon
　　encens.　　　　　　　　　　（cée,
On ne me verra point d'une veine for-
Mêmes, pour te loüer, déguiser ma pen-
　　sée :
Et quelque grand que soit ton pouvoir
　　Souverain ,
Si mon cœur en ces Vers ne parloit
　　par ma main ;
Il n'est espoir de biens, ni raison , ni
　　maxime ,
Qui pust en ta faveur m'arracher une
　　rime.
Mais lors que je Te voi, d'une si noble
　　ardeur ,
T'appliquer sans relache aux soins de ta
　　grandeur,
Faire honte à ces Rois que le travail
　　étonne,
Et qui sont accablés du faix de leur
　　Couronne :
Quand je vois ta Sagesse, en ses justes
　　projets,
D'une heureuse abondance enrichir tes
　　Sujets!
Fouler aux pieds l'orgueil & du Tage &
　　du Tibre,　　　　　　　　　　　Nous

Nous faire de la Mer une Campagne
   libre;
Et tes braves Gûerriers, secondant ton
   grand cœur,   (geur:
Rendre à l'Aigle éperdu sa premiere vi-
La France sous tes Loix maistriser la
   Fortune;
Et nos Vaisseaux domtant l'un & l'autre
   Neptune,
Nous aller chercher l'Or, malgré l'onde
   & le vent,
Aux lieux, où le Soleil le forme en se
   levant.
Alors sans consulter si Phebus l'en avouë,
Ma Muse toute en feu me prévient, &
   Te louë.
      Mais bientoft la raison arrivant
   au secours,
Vient d'un si beau projet interrompre
   le cours:
Et me fait concevoir, quelque ardeur
   qui m'emporte,
Que je n'ay ny le ton, ny la voix assés
   forte.   (blé
Aussitoft je m'effraye, & mon esprit trou-
Laisse là le fardeau dont il est accablé:
Et sans passer plus loin, finissant mon
   Ouvrage,

DISCOURS, &c.

Comme un Pilote en mer, qu'épouvante
l'Orage,
Dés que le bord paroiſt, ſans ſonger où
je ſuis,
Je me ſauve à la nage, & j'aborde où
je puis.

EXAMEN
DU DISCOURS
AV ROY.

VOICY un beau début! Il dit que le Roy étant jeune, sa sagesse n'est point le fruit de la vieillesse. Ce n'est pas une grande merveille, & c'est une chose incontestable que s'il est jeune il n'est pas vieux. Mais il vouloit dire apparemment que les Vertus de ce jeune Roi, en sont dautant plus admirables. *Jeune* est donc superflu. Il est même tres-mauvais, en ce qu'il oste le relief à la surprise qu'il veut dôner à sa pensée *Haute* avec *sagesse* ne vaut guere mieux; c'est une epithete dont il faut se servir moderement. d'ailleurs s'il avoit mis simplement *dont la sagesse*, cela diroit peut-estre plus que *la haute sagesse*. *Tardif* & *lente* sont si fort sinonimes, que je m'étonne qu'au commencement d'un si beau Livre & d'un Discours au Roi, on puisse mettre toutes ses inutilités, &

B

faire autant de fautes que de mots.

Par un trait de prudence; au lieu de dire *par respect* n'est point bien; comme l'a déja remarqué des Marests.

Vainement suspendu, *vainement* est un de ces adverbes moulés sur le magnifiquement & le superbement du Sonnet de Trissotin, qui ne servent qu'à goufler le Vers.

Je sçay peu loüer, il découvre sa vanité sous une modestie feinte, il ne veut point loüer; quoy que pourtant homme du monde n'ait loüé plus mal à propos que luy, avec une grossiereté politique, depuis qu'il se croit bon Courtisant, *sa Muse tremblante fuit la charge d'un fardeau, ou le fardeau d'une charge*. Elle a raison de trembler, se sentant sur le corps une complication d'accablement.

Dans ce haut éclat, encor l'epithete de haut toûjours inutile, tres-impropre icy, *où tu te viens offrir*; quelle façon de parler génée! & quel raport les lauriers ont-ils avec *éclat*, qui est propre à la lumiere!

Il faloit dire sans me laisser emporter à une aveugle manie, *je mesure mon vol* la Metaphore auroit été suivie, au lieu qu'il n'y a point de raport de l'aveuglement au vol, c'est la faute des deux vers precedens, où la metaphore change aussi fans aucune raiſon, j'oubliois à dire que *vaine* eſt une froide Epithete avec *manie*.

L'Autheur quitte preſentement la partie, il abandonne l'éroïque, & pour plus de facilité il y va mêler le ſatyrique & le plaiſant à ſa mode, voyons.

On pourroit trouver à redire à *plus ſage en mon reſpect*, & au mot *d'encens*, qui revient ſitoſt; mais je me haſte de faire remarquer le peu de juſteſſe & d'art qu'il a dans ſes figures, & comme il s'éforce de placer un petit brillant dans un dernier vers. Obſervons donc qu'*importune* eſt une epithete qui prepare trop, & qu'il n'eſt pas extraordinaire, ſi la voix eſt importune, qu'elle n'ennuye infailliblement, au lieu que pour donner toute la beauté au dernier vers, & n'en point démaſquer l'artifice, il faloit mettre une autre epithete, comme *guerriere tonnante*, ou quelque choſe de pareil.

Et meſle en ſe vantant ſoy meſme, cette ceſure eſt inſupportable, *les loüanges d'un fat à celles d'un Heros*, je reprendrois ce Vers s'il n'avoit pas été tant de fois retourné contre luy.

Polir une rime ne veut rien dire, c'eſt un Vers qu'on polit, il faloit dire repren-

dre le rabot, ou la lime ſimplement ; car
on ne ſe ſert point de tous les deux ſur
la méme matiere. Cela d'ailleurs fait une
pauvre image, & n'eſt mis que pour venir au dernier Vers, qui n'eſt gueres
brillant, quoy que le Soleil y ſoit.

Il n'y a que quelques mauvais He-
miſtiches, & quelques repetitions de
mots, dans les huit Vers ſuivans ; ce qui
ne vaut pas la peine qu'on s'y arreſte.

Et ton nom du Midy cette méchante
ceſure frappe extremement, mais le reſte
me fait encore plus de peine. Ie ne ſçay
ſi le propre d'un nom eſt d'étre lumi-
neux ; je croy que non, & que s'il éclate
c'eſt plûtoſt par le bruit que par la lumiere ; mais poſé que cela ſoit comme
l'Autheur le dit, il n'eſt gueres étrange
en ce cas là, que la lumiere donne un
luſtre ou une ſplendeur. Voila toûjours
ſes figures defigurées, & puis luy qui ſe
mocque tant de ceux qui mettent le
Soleil dans leurs Vers, il ſe ſert dans un
ſeul Vers de *luſtre* de *lumiere* & *d'eclatant.*
Veine groſſiere eſt aſſés mauvaiſe, *honte de*
l'Univers eſt cheville la comparaiſon de
l'Arbriſſeau debile qui vient ſur tout cela,
eſt mal amenée, mal apliquée, & fort

defectueufe ; mais je ne m'y arrefteray pas : car elle a efté afsés fifflée par Déf-marais.

Ce n'eft pas que ma plume veüille, que de bour-re dans ces Vers! pourquoy perfonifier cette plume, & luy donner une volonté avec tant d'epithetes? *je veux bien l'avoüer* eft encor tiré violemment. Car qu'im-porte-t'il qu'il le veüille avoüer? quand il ne le voudroit pas, la rime le luy fe-roit bien vouloir.

Entre ceux qui t'adreffent leurs veilles, toû-jours mefme faute pour fe mocquer de Pelletier dans la comparaifon de Cor-neille, il fait un méchant Vers avec une façon de parler peu françoife. Car qu'eft-ce qu'adreffer des veilles? il faut dire confacrer des veilles, employer des veil-les. Et je ne crois pas qu'un autre que luy ait jamais dit, *adreffer des veilles*. L'epithete de *Guerrier* n'honore guere le Monarque, & ne défigne pas affés Alexandre, c'eft en-cor pour rimer mal à *groffier* qu'elle a été mife, *Artifan groffier* n'eft guere bon ; & eft oppofé trop indeterminément à Appelle.

Les *douceurs* de fon *Phebus* font fades & peu propres au fujet. Il falloit l'art, les

misteres, les secrets. Mais comme il avoit
fait le Vers qui suit trois mois devant à
son ordinaire. Il ne faut pas s'étonner s'il
ne l'a pas bien appareillé.

Ma Muse l'amuse, rime riche! & qui
joüe bien; comme en ces Vers qu'il a in-
genieusement imité: il s'amuse à la Muse,
& la Muse l'amuse.

Ton bras des peuples redouté pourroit estre
trouvé cheville. C'est quelque chose de
beau de voir marcher un bras qui tient
la foudre à la main. Mais supposé que
tout cela soit imaginé le mieux du monde, & que ce bras aille effectivement la
foudre à la main, cette grande image est
bientost démentie par la petite idée où
l'Autheur retombe; rabaissant le Roy à
la condition des plus petits souverains,
qui comme le dit Iodelet Prince, ont le
droit de pendaison.

Il gourmande les vices aussi publiquement,
que le Roy punit les coupables: cependant il se contente ensuite de confier *au
papier les* secrets de son cœur. Il n'y a que
luy qui puisse éclaircir cette contradiction.

Va composer son miel, il falloit dire *compose*,
car où va-t'elle, ou d'où vient-elle? il
auroit pû dire *va composant*, ce qui auroit

efté bien : mais il avoit peur que ce Vers
ne fuft trop beau pour les autres.

Où me guide ma veine. Cette veine qui
fert de guide, me femble peu propre. *En*
marchant eft fuperflu, *fans tenir une route cer-*
taine, n'eft qu'une repetition de toutes
parts. Et pour repeter encore d'avantage,
il introduit fa plume qui court auffi au
hazard, tout cela n'étant que la méme
chofe dite & redite.

Quant à cette Mufe qui nomme tout
par fon nom, & qui fait tant de peur,
à ce qu'il dit, il ne s'enfuit pas qu'elle
doive tout nommer par fon nom, parce
qu'elle eft legere. Et je ne fçay pas fi
Boileau a caufé tant d'effroy aux efprits
de ce tems par la nouvauté de fes Satyres.
Mais je vois que Defpreaux a raffuré tout
le monde par fa feconde Edition. *Efprits*
noirs, efprits blancs, au dedans, & au dehors eft
encore un beau jeu?

Je laiffe *Verve excourage*, qui n'eft pas
trop bon, pour venir a *vienne en fes écrits*,
qui n'eft pas fuportable. D'où ce Cenfeur
viendra-t-il? n'eft-il pas tout porté en fes
écrits. Pour bien faire, il falloit dire fim-
plement *ne* les démafque, le refte étant
tres-inutile & tres-vicieux. Car je ne

croirois pas qu'il y euſt des gens maſqués, en ce ſens là, autrement que par le viſage. *N'aille* n'eſt pas meilleur que *vienne* déja remarqué, outre cette mauvaiſe oppoſition d'aller & de venir. il falloit donc dire : ne tire la verité du fonds du puis.

D'un diſcours inſenſé n'eſt là que pour rimer & fait méme un effet louche, placé auprés de void, à quoy il n'a point de raport. *Joüer des Bigots la trompeuſe grimace*, eſt une expreſſion renversée, tirant ſur le galimatias. Mais ce n'eſt rien : il faut remarquer que ces meſmes gens qu'il fait inſenſés, deviennent tout d'un coup des adroits, des hypocrites fins qui maſquent leur foibleſſe, quel manque de jugement! il eſt vray que c'eſt toûjours cette meſme plume qui *court au haZard ſur le papier*. *Monſtre odieux*, cette epithete n'eſt pas aſſés pour *Monſtre*. Et je ne ſçay point qu'il y ait de Monſtres aymables. *Foibleſſe* eſt bien foible en cét endroit.

En vain d'un lâche orgueil &c. cecy n'eſt point conſtruit ny exprimé nettement, un *eſprit reveſtu d'orgueil*, qui ſe couvre du manteau de la vertu, voila trop de veſtemens l'un ſur l'autre. Il falloit dire un eſprit orgeuilleux qui ſe couvre du manteau reau de l'humilité. Ce qui a trompé nôtre Autheur, c'eſt le *Virtute involvo* d'Horace: mais Horace dit ſimplement qu'il s'envelope dans ſa vertu, & ne met point toutes ces fourures contraires ſur ſon eſprit. Aprés tout ce qui eſt icy de plus digne de Cenſure, c'eſt cette expreſſion, *ſe mocque de Dieu*, quoy qu'il preſte cela à d'autres, cette façon de parler irreſpectueuſe eſt toûjours de luy.

Mais pourquoy &c. quelle tranſition ſans art, ſans agrement avec des mots forcés. Mais il s'écarte ſi impunement, qu'il ne ſe met guere en peine d'en rendre raiſon.

Je ne ſay point au Ciel : qu'eſt-ce que cét Emiſtiche regarde ſeul; le mot de *Ciel* devroit eſtre le dernier de ce couplet. *Je ne ſay point d'un lâche faire un Hercule, placer un ridicule au Ciel.* Ainſi on auroit eſté par degré : & le ſens ſeroit developé. *Veine forcée* eſt une des plus remarquables chevilles qu'on puiſſe employer. *Quelque grand que ſoit ton pouvoir* ſuffiſoit ſans ajoûter *ſouverain.* Il eſt bien étrange qu'un pouvoir ſouverain ſoit grand. *Si mon cœur ne parloit par ma main.* D'ordinaire le cœur parle par la bouche, icy c'eſt par la main; cela a dumoins la grace de la nouvauté. Aprés

C

avoir dit *espoir de biens*, & *raison* qui tient lieu de tout, à quoy sert *Maxime*. Il faut bié que lesMaximes soiét à la mode pour qu'on en souffre une là. Peut-il dire au Roy *arracher une rime en ta faveur ?* ah sans doute si nôtre Autheur se la laisse arracher, la faveur sera grande.

Heureuse, *abondance*, & *enrichir*. Voila trois mots qu'on ne blâmera pas de s'accorder mal ensemble.

Que le travail étonne, faire peur & éton ner, sont deux choses differentes. On ne s'étonne que de ce qui est, & non pas de ce qui doit estre.

Dans tous les Vers suivants l'Autheur fait voir par ses Metaphores hardies qu'il devroit estre plus reservé à en blâmer d'autres, & je veux bien les passer icy : mais je ne puis m'empescher de remarquer que cette longue tirade, n'a point de regime naturel, ni clair ni suivi ; c'est la sagesse qui enrichit les sujets, qui foule aux pieds *l'orgueil du Tage & du Tibre*. Et dans le méme tems ce sont les guerriers du Roy qui secondent son cœur, & qui *rendent la vigeur à l'Aigle*. La sagesse qui avoit si bien commencé pouvoit achever. Mais aussi si on luy fait tout faire les au-

tres vertus du Roy, pourroient se plain-
dre de ce qu'on ne parle point d'elles.
D'ailleurs par cette vigeur qu'on rend à
l'Aigle, je ne say comme il l'entend. Je
crois que le Pere le Moine luy auroit pû
donner une leçon sur ce sujet, dont, si je
ne me trompe, ce Pere parle en quelque
endroit de ses Poësies.

Le forme en se levant, il pouvoit ajoûter
en se couchant; puisque nos vaisseaux
vont aussi aux Indes Occidentales; &
que, comme il le dit, ils domtent l'un &
l'autre Neptune.

La raison *arrivant au secours* ne fait pas
entendre qu'elle vient le retenir, comme
c'est le sens; On penseroit plûtost qu'elle
vient l'aider. Joint qu'ayant dit *arrivant*,
il ne faut plus repeter *vient*, mais dire simplement *interromps le cours*. *Je n'ay ni le ton
ni la voix assés forte*; ton & voix sont icy
la même chose. D'ailleurs l'epithete ne se
raporte qu'à voix, & devroit se raporter
à tous les deux; ainsi il auroit fallu dire
forts selon la reigle. Ce sont de petites
choses que les grands hommes comme
luy negligent. On parloit d'abord de voix,
la Metaphore change, l'Autheur parlant
d'un fardeau qui l'accable. Et tout cela

eſt encore chargé ſans neceſſité de la comparaiſon d'un Pilote qui ſe ſauve à la nage. En ſorte que c'eſt une multitude &
une confuſion d'Images ſans raiſon , ſans
liaiſon & ſans ordre ; & d'où l'eſprit du
Lecteur a bien de la peine à ſe ſauver ,
en quoy nôtre Autheur a quelque choſe de commun avec Heraclite, de qui
les écrits, diſoit on, avoient beſoin d'un
bon nageur.

SATYRE I.

DAMON ce grand Auteur, dont la Muſe fertile
Amuſa ſi longtemps, & la Cour &
la Ville :
Mais qui n'étant veſtu que de ſimple
bureau ,
Paſſe l'Eſté ſans linge, & l'Hyver ſans
manteau :
Et de qui le corps ſec, & la mine affamée,
N'en ſont pas mieux refaits pour tant
de renommée.
Las de perdre en rimant & ſa peine &
ſon bien,
D'emprunter en tous lieux, & de ne
gagner rien,
Sans habits, ſans argent, ne ſçachant
plus que faire,
Vient de s'enfuir chargé de ſa ſeule
miſere,
Et bien loiu des Sergens, des Clercs, &
du Palais,
Va chercher un repos qu'il ne trouva
jamais :

D

Sans attendre qu'ici, la Justice ennemie
L'enferme en un cachot le reste de sa vie;
Ou que d'un bonnet verd le salutaire affront
Flétrisse les lauriers qui lui couvrent le front.
   Mais le jour qu'il partit, plus défait & plus blême,
Que n'est un Penitent sur la fin d'un Carême,
La colere dans l'ame, & le feu dans les yeux,
Il distila sa rage en ces tristes adieux.
Puisqu'en ce lieu jadis aux Muses si commode,
Le merite & l'esprit ne sont plus à la mode,
Qu'un Poëte, dit-il, s'y voit maudit de Dieu,
Et qu'ici la vertu n'a plus ni feu ni lieu;
Allons du moins chercher quelque antre ou quelque roche,
D'où jamais ni l'Huissier, ni le Sergent n'approche,
Et sans lasser le ciel par des vœux impuissans,
                              (temps.
Mettons-nous à l'abri des injures du

Tandis que libre encore, malgré les deſtinées,   (des années:
Mon corps n'eſt point courbé ſous le faix
Qu'on ne voit point mes pas ſous l'âge chanceler,   (filer.
Et qu'il reſte à la Parque encor de quoy
C'eſt là, dans mon malheur le ſeule conſeil à ſuivre.   (y ſçait vivre,
Que George vive icy, puiſque George
Qu'un million comptant par ſes fourbes acquis,
De Clerc jadis Laquais a fait Comte & Marquis.   (neſte
Que Jaquin vive icy, dont l'adreſſe fu-
A plus cauſé de maus que la guerre & la peſte :
Qui de ſes revenus écrits par alphabet,
Peut fournir aiſément un Calepin côplet.
Qu'il regne dans ces lieux, il a droit de s'y plaire.
Mais moy, vivre à Paris! Eh, qu'y voudrois je faire?   (mentir,
Je ne ſçay ni tromper, ni feindre, ni
Et quand je le pourrois, je n'y puis conſentir.
Je ne ſçay point en lâche eſſuyer les outrages   (à ſes gages:
D'un Faquin orgeuilleux qui vous tient

De mes Sonnets flateurs laſſer tout l'U-
     nivers,   (mes vers,
Et vendre au plus offrant mon encens &
Pour un ſi bas employ, ma Muſe eſt trop
     altiere·   (fiere-
Je ſuis ruſtique & fier, & j'ay l'ame groſ-
Je ne puis rien nommer, ſi ce n'eſt par
     ſon nom :
J'appelle un chat un chat, & Rôlet un
     fripon·   (dreſſe:
De ſervir un Amant, je n'en ai pas l'a-
J'ignore ce grand art qui gagne une mai-
     treſſe,
Et je ſuis à Paris, triſte, pauvre &
     reclus,   perclus.
Ainſi qu'un corps ſans ame, ou devenu
          Mais pourquoy, dira-t'on, cette ver-
     tu ſauvage,
Qui court à l'hoſpital, & n'eſt plus en
     uſage?
La richeſſe permet une juſte fierté ;
Mais il faut eſtre ſouple avec la pauvreté.
C'eſt par là qu'un Auteur, que preſſe
     l'indigence,   fluence ;
Peut des aſtres malins corriger l'in-
Et que le ſort burleſque, en ce ſiecle de
     fer,
D'un Pedant, quand il veut, ſçait faire
     un Duc & Pair.

Ainsi de la Vertu, la Fortune se joüe.
Tel aujourd'huy triomphe au plus haut
    de sa roüe,   (orné,
Qu'on verroit de couleurs bizarrement
Côduire le Carrosse où l'on le voit traîné;
Si dãs les droits du Roi sa funeste science,
Par deux ou trois avis, n'eust ravagé la
    France.   (ces lieux,
Je sçay qu'un juste effroi l'éloignant de
L'a fait pour quelques mois disparoistre
    à nos yeux :
Mais en vain, pour un tems, une taxe
    l'exile :   (Ville,
On le verra bientost pompeux en cette
Marcher encor chargé des dépoüilles
    d'autruy,
Et joüir du Ciel méme irrité contre luy.
Tãdis que Pelletier croté jusqu'à l'échine,
S'en va chercher son pain de cuisine en
    cuisine :   (esprits,
Sçavant en ce métier si cher aux beaux
Dont Montmaur autrefois fit leçon dans
    Paris.   (courable
    Il est vray que du Roi la bonté se-
Jette enfin sur la Muse un regard favora-
    ble,
Et reparant du sort l'aveuglement fatal,
Va tirer desormais Phebus de l'hôpital.

On doit tout efperer d'un Monarque ſi
    juſte.   (Auguſte?
Mais ſans un Mecenas, à quoi ſert un
Et fait comme je ſuis, au ſiecle d'aujour-
    d'huy,   (pui?
Qui voudra s'abbaiſſer à me ſervir d'ap-
Et puis comment percer cette foule ef-
    froyable
De Rimeurs affamés, dont le nombre
    laccable !
Qui, dés que ſa main s'ouvre, y courent
    les premiers,
Et raviſſent un bien qu'on devoit aux
    derniers.   & ſterile,
Comme on voit les Frelons, troupe lâche
Aller piller le miel que l'Abeille diſtile,
Ceſſons donc d'aſpirer à ce prix tant
    vanté,
Que donne la faveur à l'importunité.
Saint Amand n'eut du ciel que ſa veine
    en partage :   (ritage :
L'habit qu'il eut ſur lui, fut ſon ſeul he-
Un lit & deux placets compoſoient tout
    ſon bien :
Ou, pour en mieux parler, Saint Amand
    n'avoit rien.   (tune
Mais quoi, las de traîner une vie impor-
Il engagea ce rien, pour chercher la
    Fortune :

                                   (tre au jour,
Et tout chargé de vers qu'il devoit met-
Conduit d'un vain espoir il parut à la
    cour.
Qu'arriva-t'il enfin de sa Muse abusée?
Il en revint couvert de honte & de risée,
Et la fiévre au retour terminât son destin,
Fit par avance en lui ce qu'auroit fait la
    faim.
Un Poëte à la cour fut jadis à la mode:
Mais des Fous aujourd'hui, c'est le plus
    incommode :
Et l'esprit le plus beau, l'Auteur le plus
    poli,
N'y parviédra jamais au sort de l'Angeli.
        Faut-il donc deformais joüer un
    nouveau rôle ?
Dois-je, las d'Apollon, recourir à Bartole,
Et feüilletant Loüet allongé par Brodeau,
D'une robe à longs plis balayer le Bareau?
Mais à ce seul penser, je sens que je m'é-
    gare.
Moi? que j'aille crier dans ce pays barbare,
Où l'on voit tous les jours l'innocence
    aux abois   (lois,
Errer dans les détours d'un Dédale de
Et dans l'amas confus de chicanes énor-
    mes,   (les formes,
Ce qui fut blanc au fond rendu noir par

Où Patru gagne moins qu'Uot & le
    Mazier;
Et dont les Cicerons se font chés Pé-
    fournier.
Avant qu'un tel dessein m'entre dans la
    pensée,
On pourra voir la Seine à la Saint Jean
    glacée,
Arnaud à Charanton devenir Huguenot,
Saint Sorlin Janseniste, & Saint Pavin
    devot.
    Quittons donc pour jamais une Ville
        importune,
Où l'Honneur est en guerre avecque la
    Fortune :   (verain,
Où le vice orgueilleux s'érige en sou-
Et va la mitre en teste & la crosse à la
    main :
Où la Science triste, affreuse, & delaissée,
Est par tout des bons lieux comme in-
    fame chasée;
Où le seul art en vogue, est l'art de bien
    voler :   (parler.
Où tout me choque : enfin, où je n'ose
    Et quel homme si froid ne seroit plein
    de bile,
A l'aspect odieux des mœurs de cette
    Ville?   (les blasmer,
Qui pourroit les souffrir ? & qui, pour

Malgré Muse & Phebus n'apprendroit à
   rimer?
                          (grace,
Non, non sur ce sujet, pour écrire avec
Il ne faut point monter au sommet du
   Parnasse :
Et sans aller rêver dans le doubleVallon,
La colere suffit, & vaut un Apollon.
Tout beau, dira quelqu'un, vous entrés
   en furie :
A quoy bon ces grands mots? Douce-
   ment je vous prie;
Ou bien montés en chaire, & là comme
   un Docteur,
Allés de vos sermôs endormir l'auditeur,
C'est là que bien ou mal, on a droit de
   tout dire.
     Ainsi parle un esprit qu'irrite la Satire,
Qui contre ses défauts croit estre en seu-
   reté,
En raillant d'un censeur la triste austerité:
Qui fait l'homme intrepide, & trem-
   blant de foiblesse,
Attend pour croire en Dieu que la fiévre
   le presse;
Et toûjours dans l'orage au Ciel levant
   les mains,
Dés que l air est calmé, rit des foibles
   Humains.

                             E

Car de penſer alors qu'un Dieu tourne
 le monde.
Et regle les reſſorts de la machine ronde,
Ou qu'il eſt une vie au delà du trépas,
C'eſt là tout haut du moins ce qu'il n'a-
 voüera pas.
    Pour moy qu'en ſanté méme un
 autre monde étonne,
Qui crois l'ame immortelle, & que c'eſt
 Dieu qui tonne :
Il vaut mieux pour jamais me bannir de
 ce lieu.
Je me retire donc. Adieu, Paris, Adieu.

EXAMEN DE LA I. SATYRE.

PEUT-estre que nous trouverons mieux nôtre conte dans les satyres, que dans le discours du Roi. On doit croire méme que l'Autheur n'aura rien oublié pour reussir en celle cy, puisqu'il s'y est voulu peindre luy-méme en beaucoup d'endroits sous le nom de Damon.

Damon ce grand Autheur dont la veine fertile, il parle toûjours sur le méme ton. Il ne sçauroit se passer de dire *dont la haute sagesse, dont la veine fertile,* & encore dans la Satyre suivante *dont la fertile veine.* Mais son imagination ne l'est gueres.

Aprés avoir dit en bien, *que Damon amusa la Cour & la Ville.* Il commence à en donner une idée burlesque. Mais je doute qu'on puisse dire *refaire sa mine.* Et s'il ne faut ici que le Verbe *refaire* se puisse raporter aussi bien à la mine qu'au corps.

Las de perdre en rimant il me paroist icy plusieurs manques de jugement. Que peut perdre Damon, que sa peine? pour-

quoi son bien ; s'il n'en a point? Et comme il dit, il étoit las d'emprunter en tous
lieux ? *sans habits.* Il l'avoit déja marqué.
Et c'étoit une assés pauvre image pour
n'avoir pas besoin de repetition.

Il a corrigé *s'en est enfui.* Il a mis *vient
de s'enfuir*, qui est un peu meilleur.

Loin des Sergens est fort bien. Mais *des
Clercs, & du Palais* est un hors d'œuvre
aussi fade qu'il s'en puisse faire.

La Justice ennemie seroit bien, si elle étoit
preparée, mais introduite, comme cela
nument de qui est-elle ennemie ? du
genre humain? ces epithetes figurées sont
belles, & c'est tout l'art d'un grand Poëte:
mais il faut les preparer, il fait la même
faute à *salutaire affront.* Sans expliquer
l'effet du *bonnet verd*, c'est un galimatias
à plaisir. Il falloit mettre auparavant par
exemple.

Pour garantir sa misere
D'un bonnet verd la honte salutaire

Et il ne falloit point charger l'autre vers
d'une nouvelle Metaphore incongruë de
lauriers, qui embarasse l'esprit par une maniere de paradoxe d'un vert qui fletrit
des lauriers censés verds. Outre que c'est

éncore la pauvre petite pensée de flétrir
des lauriers qui vient fraichement d'estre
dérobée du discours au Roi, & qui fait
voir son obstination à dire toûjours les
mes choses.

La *mine affamée* & le corps sec, avoient
déja dit *défait & blême*, & méme quelque
chose de plus , mais à le bien prendre,
quand on est si décharné & si défait, on
n'a gueres la colere dans l'ame & le feu
dans les yeux. Et Damon en cét état
d'agonisant, ne sauroit jetter feu & fla-
me , ny montrer une grande vivacité
dans ses passions.

Ce lieu jadis aux Muses si commode. L'Auteur parle de luy presentement : mais
pourquoy ce lieu commode aux Muses?
voila une ep ithete mal placée. Ce lieu
est du moins commode à la rime, c'est
là le grand secret. Il vouloit aller au vers
suivant ; & il a mis ce qu'il a trouvé en
son chemin.

S'y voit maudit de Dieu. Quelle façon de
parler basse ; mais de plus forcée *s'y void
maudit*, pour *y est maudit*. Quand on se sert
de ces sortes de quolibets des Carrefours.
Il faut dumoins les employer naturellement, sans les rendre encore plus mau-

vais en les eſtropiant. Cependant ce vers
tout méchant qu'il eſt peut paſſer en comparaiſon de l'autre qui eſt bien pire. *La
vertu n'a ni feu ni lieu*. Declamation du Pont
neuf qui ne pourroit eſtre ſoufferte que
dans un impromptu de Corps de garde.
Mais nous n'en ſommes pas quittes : car
cette même fraſe nous doit peindre le
grand Alexandre qu'on fait courir comme un bandit qui n'a ni feu ni lieu.

   Antre & Roche eſt la même choſe. Je n'y
découvre point d'autre merite que celuy
de deux ſillabes, dont l'Auteur avoit beſoin pour faire un méchant vers. *Mettre
à couvert des injures du tems* eſt aſſes bouffon
dans ſon ſens litteral & unique. Car il
marque que Damon ne craignoit que la
pluye, la greſle & le mauvais tems ; &
ce n'eſt pas tout-à-fait l'idée, qu'on veut
donner.

   L'Auteur a pretendu faire merveilles,
en nommant tout par ſon nom, comme
il le dit lui-méme. Mais il étoit obligé
d'y chercher pourtant plus de fineſſe, d'a-
voir quelque legereté de pinceau, & de
ne pas laiſſer échaper pluſieurs vers mi-
ſerables. Il dit aprés pluſieurs noms al-
legués à tort & à travers, *Je ne ſay ni trom-*

per, *ni feindre, ni mentir*, la justesse vouloit
qu'on mist *tromper* à la fin, & *feindre* &
mentir dévant. Car il faut toûjours obser-
ver les degrés, à moins que ce ne soit
dans le sublime ou la beauté de la pensée
& du tour, & les traits brillans qui le
rehaussent, peuvent dispenser des regles.
D'ailleurs dans les Verbes *tromper, feindre*
& *mentir* sont compris & ne sont que ses
attributs. Le second vers n'est que de la
bourre, & il me semble encore qu'il n'a
point de sens complet; *quand je saurois cela
je n'y puis consentir*. C'est ne rien dire; il
faut dire; je ne puis me resoudre à le faire, à me servir de ma science, &c.

Dans la suite cét homme qui n'est vêtu
que de *simple bureau*, dont la *mine affamée
n'en est pas mieux refaite, pour tant de
Renommée*, devient d'un plein saut un
Heros d'honneur, scrupuleux jusqu'à ne
vouloir point tirer d'argent de ses vers,
aprés avoir emprunté de tous cotés. On
void presétemét que Damõ & Despreaux
sont la méme chose. Ce Damon dont la
Muse fertile amusa la Cour & la Ville, avoüe
de bonne foy qu'il a l'ame grossiere, &
qu'il est rustique & fier. C'est le verita-
ble portrait de l'Autheur; & il y a tant

de ſincerité dans ces vers, que je n'y puis reprendre la moindre choſe. Il me ſemble de voir un de ces viſages que Ceculus amena à Turnus un pied chauſſé, l'autre nud.

Un chat un chat, Rôlet un fripon. Il s'eſt ſervi du tour des anciens pour dire impudament des injures. Cela à plû d'abord par la nouveauté. Il y a pourtant une temerité groſſiere, qui à la longue ne fait plus l'effet qu'il s'imagine.

Ces vers ſont bien mauvais, *ainſi qu'un Corps-ſans Ame,* & puis, *ou devenu perclus.* En verité jamais la Rime n'a plus maltraité perſonne que luy; mais il ſe vange auſſi d'elle; & l'on ne ſait des deux qui à le plus de tort, aprés avoir dit *un Corps ſans Ame,* peut-on ainſi tomber, *ou devenu perclus.* Quel renverſement & quelle inutilité, outre la mauvaiſe façon de parler *devenu perclus,* pour dire ſimplement *perclus.* Ce pauvre Damon étoit un méchant Poëte. Voyons le reſte de la Satyre, je crois qu'il ſe va raviſer de ſon trop de vertu.

Il faut eſtre ſouple avec la pauvreté; cela eſt mal conſtruit, il ſembleroit qu'on dit avec les pauvres, & c'eſt tout le contraire qu'on veut dire; il faut eſtre ſouple

quand

quand on eſt pauvre. D'ailleurs le tour qu'on donne à cette penſée, eſt démenti par ce qu'on a dit de Damon qui ſavoit bien emprunter en tous lieux.

Ce demi vers, *que preſſe l'indigence*, aprés avoir fini le precedent par pauvreté, n'eſt pas trop bien, & pour l'autre vers *d'Aſtres malins & d'influence*; cela eſt ſi rebattu, & ç'eſt une penſée ſi generale, qu'il euſt été bon de chercher quelque choſe de plus patticulier & de plus propre.

Siecle de Fer, comme il nomme les choſes par ſon nom, on voit qu'il veut deshonorer le ſiecle; côme il a déja fait dans la Preface, quand il dit qu'Ariſte avoit ſoin de temperer les rayons de ſa vertu, pour ne pas bleſſer les yeux d'un ſiecle auſſi corrompu que le nôtre : mais qu'un pedant devienne Eveſque. Cela ne paroît pas ſi étrange, puiſque des gens de même étoffe ſe ſont élevés à Rome au deſſus des Rois.

Il faudroit plûtoſt s'étonner de ce que Damon eſt parvenu au grade de Demi-cronologiſte.

Pelletier revient pour la ſeconde fois: mais Damon qui ſe moque de luy ne laiſſe pas d'emprunter de l'argent; & la

maniere n'eſt gueres plus belle que de
chercher à dîner.

Jette ſur la Muſe un regard, eſt ridicule.
Il falloit dire cela plus noblement. La
Muſe au ſingulier en cette ſignificaticn
ne ſe peut ſouffrir : mais elle ſert à man-
ger un S, comme l'Auteur en avoit beſoin pour l'éliſion.

Du ſort l'aveuglement fatal, ce vers eſt
trop vague & trop general : mais il n'a
eſté fait qu'aprés celuy de *tirer Phebus de
l'hôpital* : & il eſt venu comme il a pû pour
remplir un vuide, ce qui eſt le défaut
continuel de nôtre Poëte.

Sans un Mecenas, à quoi ſert un Auguſte,
&c. Ces vers ne ſont ni bons ni mauvais
en eux-mémes : mais ils ſont toûjours
une ſuite du méme défaut de jugement
qui en corromp la morale. Car dans le
portrait de Damon ; de cette Momie deſ-
ſeichée & mourante qui commence avec
tant de vigeur de grandes declamations
contre le ſiecle, de ce penitent qui va
rendre l'ame, changé en un Satyrique
impetueux & mordant ; de ſa delicateſſe
pour l'honneur & la Philoſophie, aprés
avoir emprunté de tous cotés, on tire
des Caracteres ſi oppoſés & ſi propres à

faire un fou, que c'eſt avec raiſon qu'il
craint de ne point trouver de Mecenas.
Qui eſt celuy qui ſe voudroit charger
d'un tel perſonnage.

Comment percer cette foule effroyable. Damon
étoit en droit de percer la foule plus que
tous les autres : car il étoit plus affamé
que pas un, comme il l'a marqué.

Il falloit éviter *premiers & derniers*, car
cela fait une image baſſe ; & c'eſt une
méchante oppoſition en rime, & qui eſt
née toute faite. Pour la côparaiſon, elle eſt
mauvaiſe : le bon homme Damon n'y entend pas plus de fineſſe que Deſpreaux.

Ce prix tant vanté, eſt une expreſſion
bien en l'air, & bien vague.

La peinture de la pauvreté de ſaint
Amant ne ſeroit pas mal, ſans ce chi-
potage de petit détail de rien & de bien;
de lit & de placets engagés qui n'ont
point d'idée nette ni plaiſante. Mais pour
la rime de deſſein & de faim, elle n'eſt
pas autrement delicieuſe aux oreilles des
Muſes.

Quel manque de memoire & de jugement, après avoir dit que le Roi tire
Phebus de l'hôpital, il dit qu'un Poëte
n'eſt plus à la mode, & que le plus ex-

cellent efprit fera moins bien traité à la
Cour que le plus grand fou. A-t-on jamais
veu de pareilles difparates ; on peut bien
dire de toutes ces penfées fi péu fuivies
& fi contraires les unes aux autres, que
fon cerveau poëtique eft fujet à d'étran-
ges vapeurs ; il n'y a aucun fil, aucun
ordre. En nommant quelqu'un, il croit
que c'eft une penfée admirable.

Le voicy maintenant dans fon fort, il
nous va faire une enumeration Me-
taphorique du Trantran du Palais, far-
cies d'erudition vulgaire, vous avés
bien raifon de dire dans vos vers
qu'il le faudroit renvoyer à la poudre
du Greffe ; c'eft là fon élement, luy
qui ne connoift point d'autre Apollon
qu'Arifte, d'autre Parnaffe que Baville &
d'autre Hypocrene que Polycrene. Ainfi
fans éplucher de plus prés ces figures
bigarées, ny tous ces tableaux Modérnes
d'Avocats, de Procureurs fouftenus d'un
Antique. Ie m'arrefteray feulement à
l'idée generale qu'il donne du Barreau,
dont la feule penfée luy trouble l'efprit.

A ce feul penfer je fens que je m'égare,
méchant vers, & qui n'a aucun fens ;
car qu'eft-ce que s'égarer en cét endroit-
là ? le peut on deviner, mais fuppofé

qu'il fuſt bien dit, pourquoy; puis qu'il
ſe mocque, & qu'il tourne en deriſion
la choſe. Pourquoy dit-il qu'il s'égare?
ce n'eſt que pour le Païs Barbare : car
c'eſt la rime qui s'égare & qui l'égare.

L'Innocĕce aux abois errâte *dans un Dedale,*
ce ſont deux idées qui ſe contrediſent,
il faloit dire l'Innocence *perſecutée, trom-
pée,* erre dans un Dedale· Où ſi l'on met
l'Innocence aux abois, il faut dire qu'elle languit, qu'elle eſt accablée ſous l'in-
juſtice, &c. Mais ces vers ſurprennent
par de fauſſes lueurs·

*Chicanes enormes, noir & blanc par les for-
mes,* ne diſent plus rien aprés la peinture precedente; mais enfin aprés tout ce
qu'il a dit, on voit que l'Autheur ne s'é-
gare point, & qu'il en eſt bien éloigné,
puis qu'*avant qu'un tel deſſein luy entre dans
la penſée,* &c. Ces vers aſſés mediocres
ſont ſuivis d'autres, où pluſieurs noms
ſont oppoſés peut-eſtre aſſés mal; mais
je n'examineray pas cecy davantage,
pour ne point entrer dans ſon méchant
Genie ſatyrique, en parlant aprés luy de
perſonnes qu'il a nommées au gré de ſon
caprice mediſant·

Ville importune eſt bien mauvais, & *l'honeur*

eſt en guerre avecque la Fortune n'eſt gueres bon, & eſt même bas, & puis *avecque* en trois ſillabes à la fin de l'Hemirtiche, il paroiſt bien qu'il n'entend gueres le nombre.

Le Vice s'erige en Souverain, & va la Mi-tre en teſte, aller la Mitre en teſte regarde les Eveſques, qui'l attaque déja pour la ſeconde fois. Le mot de Souverain n'y convient pas; mais quoy qu'il en ſoit, c'eſt bien là la maniere de declamer con-tre le vice.

Quel Vers? *La ſcience triſte, affreuſe & delaiſsée,* affreuſe, qu'elle Epitete! Qu'elle idée enſuite des bons & mauvais lieux?

L'aſpect des mœurs eſt aſſés joli, ſi l'on oſoit le mettre en Proſe, il feroit rire, mais en Vers Damon a tout pouvoir.

Muſe & Phebus eſt la même choſe icy, & par conſequent Muſe eſt tout aumoins inutile; joint qu'il faloit dire les Muſes.

Au ſommet du Parnaſſe & inconti-nent le double vallon. Apollon encore revient aprés Phebus, furie tout auprés de colere. Si bien que ſi ce ſont de grâds mots, comme l'a remarqué ſon *quelqu'un,* ils ſont aumoins la pluſpart bien inuti-les.

Je ne sçay *si croire estre en seureté contre*
ses defauts est clair au sens qu'on le
prend, je croy que non.

L'homme intrepide & tremblant de foiblesse.
Quelle contradiction ! & qui jette l'esprit dans une étrange peine. Qu'est-ce
que l'homme intrepide & tremblant de
foiblesse en mesme tems. Je sçay bien que
l'Autheur à dessein que nous entendions
cela separé ; mais il devoit s'exprimer, il
faloit là une disjonctive, & au contraire, l'intrepide & le tremblant sont joints
plus fortement par l'*et*, passons.

Qu'un Dieu tourne le monde, & regle les
ressorts de la machine ronde. N'est-ce pas la
mesme chose ? ne void-on pas cette seche-
resse d'imagination abondante en repetitions ?

Et qu'il est une vie au delà du trépas. Ce
qu'il est, se raporte naturellement à Dieu
qui est le plus proche, & se pourroit raporter à l'homme intrepide qui est plus
loin : mais ce n'est point cela, *qu'il est,*
est mis pour *qu'il y a,* & fait un sens louche qu'on ne peut démeler qu'avec une
seconde application.

Voila un grand nombre de fautes assés
lourdes, mais quoi ? l'Autheur est si prés

de la fin, qu'il ne faut pas s'étonner s'il manque d'haleine,

Que c'est Dieu qui tonne. C'est prendre l'immensité du premier Estre par un bel endroit. D'ailleurs l'expreſſion eſt comique, auſſi bien que celle de la *machine ron-de*, & *tourne le monde,* toutes de même farine.

Qui crois l'ame immortelle. Comme ſi cela lui étoit particulier ; & que ce fuſt une choſe bien extraordinaire de croire l'ame immortelle. *Quelle fin; moy qui crois l'ame immortelle, & que c'eſt Dieu qui tonne ; il vaut mieux me bannir de ce lieu.* Quelle conſtruction bizarre, & quelle cheute precipitée & déraiſonnable?

Aprés tout on peut dire en general que Damon a promené ſon eſprit pour donner beau jeu à Deſpreaux, comme Deſpreaux à Damon. Ces deux foſies ſe ſervẽt ſur les deux toits, & font couler à la faveur l'un de l'autre leurs petites gentilleſſes morales, & leurs gaillardiſes libertines ; & tout le monde conviendra que Damon a bien fait de ſortir de Paris. A mon avis il devroit ſe retirer en Hollande, & y folliciter une petite penſion de Meſſieurs les Eſtats, pour faire le lardon en Vers Satyriques.

SATIRE II.

A Moliere.

R Are & fameux Efprit, dont la fer-
   tile veine
Ignore en écrivant le travail & la peine;
Pour qui tient Apollon tous fes trefors
   ouvers,
Et qui fçais à quel coin fe marquent les
   bons vers.
Dans les combats d'efprit, fçavant Mai-
   ftre d'efcrime,
Enfeigne-moy, Moliere, où tu trouves
   la Rime.
On diroit, quand tu veux, qu'elle te vient
   chercher ;   (cher ;
Jamais au bout du vers on ne te voit bron-
Et fans qu'un long détour t'arrefte, ou
   t'embaraffe,
A peine as-tu parlé, qu'elle-méme s'y
   place.   (re humeur,
Mais moi qu'un vain caprice, une bizar-
Pour mes pechés, je crois, fit devenir
   rimeur :
Dans ce rude métier, où mon efprit fe
   tuë ;

G

En vain pour la trouver, je travaille &
    je suë.
Souvent j'ay beau rêver du matin juf-
    qu'au foir :   (dit *noir*:
Quand je veux dire *blanc*, la quinteufe
Si je veux d'un Galant dépeindre la figûre,
Ma plume pour rimer trouve l'Abbé de
    Pure :
Si je penfe exprimer un Auteur sâs défaut,
La raifon dit Virgile, & la rime Kainaut.
Enfin quoi que je faffe, ou que je veüille
    faire,   (traire.
La bizarre toûjours vient m'offrir le con-
De rage quelquefois ne pouvât la trouver
Trifte, las & confus, je ceffe d'y rêver :
Et maudiffant vingt fois le Demon qui
    m'infpire,
Je fais mille fermens de ne jamais écrire:
Mais quand j'ai bien maudit & Mufes, &
    Phebus,
Je la vois qui paroift, quand je n'y penfe
    plus.   (rallume:
Auffi-toft, malgré moi, tout mon feu fe
Je reprens fur le champ le papier & la
    plume,   (venir,
Et de mes vains fermens perdant le fou-
J'attend de vers en vers qu'elle daigne
    venir.

Encor, si pour rimer, dans sa verve in-
    discrette,
Ma Muse au moins souffroit une froide
    epithete :   (cher si loin,
Je ferois comme un autre ; & sans cher-
Jaurois toûjours des mots, pour les cou-
    dre au besoin.
Si je loüois Philis, *En miracles feconde ;*
Je trouverois bientost, *A nulle autre feconde.*
Si je voulois vanter un objet *Nompareil ;*
Ie mettrois à l'instât, *Plus beau que le Soleil*
Enfin parlant toûjours d'*Astres* & de
    Merveilles,
De *Chef d'œuvres des Cieux,* de *Beautés sans
    pareilles,*
Avec tous ces beaux mots souvent mis
    au hazard,   (art,
Ie pourrois aisément, sans genie & sans
Et transportant cent fois & le Nom & le
    Verbe,
Dans mes vers recousus mettre en pieces
    Malherbe.
Mais mon esprit tremblant sur le choix
    de ses mots,
N'en dira jamais un, s'il ne tombe à
    propos :   (pide
Et ne sçauroit souff ir qu'une phrase insi-
Vienne à la fin d'un vers remplir la place
    vuide.

Ainſi, recommençant un ouvrage vingt
     fois.
Si j'écris quatre mots, j'en effacerai trois.
     Maudit ſoit le premier dont la verve
     inſensée   (pensée,
Dans les bornes d'un vers renferma ſa
Et donnant à ſes mots une étroite priſõ,
Voulut avec la rime enchaîner la Raiſon.
Sans ce métier fatal au repos de ma vie,
Mes jours pleins de loiſir couleroient ſans
     envie,   (tant;
Ie n'aurois qu'à chanter, rire, boire d'au-
Et comme un gras Chanoine, à mon
     aiſe & content,   (affaire,
Paſſer tranquillement, ſans ſouci, ſans
La nuit à bien dormir, & le jour à rien
     faire.   (ſion,
Mon cœur exempt de ſoins, libre de paſ-
Sçait donner une borne à ſon ambition,
Et fuiant des grandeurs la preſence im-
     portune,
Ie ne vais point au Louvre adorer la
     Fortune :
Et je ſerois heureux, ſi, pour me conſumer,
Un Deſtin envieux ne m'avoit fait rimer.
     Mais depuis le moment que cette
     freneſie,   (taiſie,
De ſes noires vapeurs, troubla ma fan-

Et qu'un Demon jaloux de mon con-
   tentement ;
M'inspira le dessein d'écrire poliment :
Tous les jours malgré moi, cloüé sur un
   Ouvrage,
Retouchât un endroit, effaçant une page,
Enfin passant ma vie en ce triste métier,
l'envie en écrivant le sort de Pelletier.
      Bienheureux Scuderi ! dont la fer-
   tile plume
Peut tous les mois sans peine enfanter
   un volume.   (sans
Tes écrits, il est vrai, sans art & languis-
Semblent estre formés en dépit du bon
   sens :
Mais ils trouvent pourtant, quoi qu'on
   en puisse dire,
Un Marchand pour les vendre, & des sots
   pour les lire.
Et quand la rime enfin se trouve au bout
   des vers,
Qu'importe que le reste y soit mis de
   travers !   (nie
Malheureux mille fois celui, dont la ma-
Veut aux regles de l'art asservir son genie :
Un sot en écrivant fait tout avec plaisir :
Il n'a point en ses vers l'abarras de choisir :

Et toûjours amoureux de ce qu'il vient
    d'écrire,
                                        (mire.
Ravi d'étonnement, en soi-méme il s'ad-
Mais un esprit sublime, en vain veut
    s'élever
A ce degré parfait qu'il tâche de trouver:
Et toûjours mécontent de ce qu'il vient
    de faire,
Il plaist à tout le monde, & ne sçauroit
    se plaire.
Et tel, dont en tous lieux chacun vante
    l'esprit,
Voudroit pour son repos n'avoir jamais
    écrit.
        Toi donc qui vois les maux où ma
Muse s'abime,
De grace, enseigne-moi l'Art de trouver
    la Rime:
Ou, puisqu'enfin tes soins y seroient su-
    perflus,
Moliere, enseigne-moi l'Art de ne rimer
    plus.

EXAMEN DE LA II· SATYRE.
A Moliere.

VOICY un Escolier soumis à son Maistre, & qui cherche à profiter de ses Leçons pour s'initier dans le Mestier de la Rime ; c'est surquoy roule toute cette satyre, mais ce qui est de plus remarquable , c'est que tous ses commencemens sont les mêmes, & que tous les Hemistiches de ses premiers Vers paroissent toûjours avec *un, dont la haute Sagesse, dont la Muse fertile, dont la fertile veine.* Tellement que si jamais on s'avise d'entonner magnifiquement les loüanges & perfections de nôtre Auteur, on ne sçauroit mieux commencer que de cette sorte·

Boileau ce grand Auteur , dont la sterile veine ,

Ou bien.

Rare & fameux Boileau dont la Muse sterile, *ignore en écrivant le travail & la peine.* Une Veine qui écrit terme impropre, même inutile, icy peine & travail , sinonimes sans necesité & sans grace , seulement pour faire son Vers.

Dans les combats d'esprit savant Maistre d'Escrime. Maistre d'Escrime pour les Combats d'esprit, ne dit pas grand chose, & ne convient point particulierement à Moliere. Cette tirade pleine de repetitions ne regarde que la Rime, qui à mon avis est la moindre partie des bons vers ; & d'ailleurs cela ne fait qu'un jeu afsés commun & peu divertiffant.

Ce même jeu de la Rime continuë dans toute la Satyre. L'Auteur indigent tourne toûjours autour du pot, & montre les mêmes chofes fous differens vifages, & les refaffe fi fouvent, qu'à la fin il ennuye.

La raison, dit Virgile & la Rime Quinaut. Ces fortes de Vers qui ne frapent que par furprife, & avant que l'efprit ait eu le loifir de fe mettre en garde contre leur illufion, font dangereux à repeter fouvent. Comme ce pretendu plaifant n'eft fouftenu ny par la fineffe de la penfée, ny par la beauté du tour, ny par le fens, ny par l'efprit ; que le tout roule fur un mot, que la Rime place au hafard, j'en éviterois le frequent ufage ; mais Defp… s'eft tellement pleu dans fes Citatiõs modernes

dernes, qu’il en a farci toutes ſes Satyres. & a penſé que cette hardieſſe bi-
zare luy tenoit lieu de veritables Beautés. *l’Autheur ſans deffaut* n’eſt donc
opposé à Quinaut que pour la Rime,&
au fonds n’eſt rien du tout , croit-il
eſtre en droit de relever la reputation
de Virgile par le contraſte de Quinaut,
il ſe trompe, il ne fait gueres d’honneur
à Virgile, & ne fait aucun tort à Quinaut. On connoiſt aſſés que ce ſont des
manieres differentes , & ce ſeroit vouloir comparer Raphaël à Petitot.   Ie
ſauray m’écrier comme un autre quand
il le faudra, *Are Virgilio* : mais je n’ad-
mireray pas toûjours les ſottiſes heroï-
ques de l’Eneïde, & ſeray touché quelquefois des badineries liriques de Quinaut.

Quoy que je faſſe ou que jeveüille faire, enverité
voila un beau Vers ! la Bizarre toûjours
vient m’offrir le contraire. Pourquoy
nous replatrer ſitoſt une ſi chetive image, il vient de dire *La quinteuſe dit noir,* preſentement c’eſt la bizarre qui luy offre
le contraire. La reſſemblance eſt aſſés
frappante, outre que ſon blanc & ſon
noir, lui ont déja ſervy un bon nombre

H

de fois , *de rage quelquefois ne pouvant la
trouver*, je ne daigne remarquer encore
ce méchant Hemiſtiche , *de rage qu lque
fois*, mais je voudrois qu'il m'expliquaſt
ſa pensée. C'eſt la Rime qui luy offre le
contraire de ce qu'il demande ; cependant il dit qu'il ne la peut trouver ; elle
eſt là, & n'y eſt pas ; elle le tourmente,&
il la cherche : il éclaircira ce galimatias
quand il luy plaira.

Et maudiſſant cent fois, c'eſt le même
Hemiſtiche , que quelquefois d'ailleurs
ſant cent eſt bien agreable, & fait un
beau ſiflement à l'oreille.

Il ne ſauroit ſouffrir,dit-il , une froide
Epithete ; cependant qu'eſt ce que fait
ſa Muſe dans ſa Verve indiſcrete. A-t-on
jamais oüy parler de la Verve d'une
Muſe, & *Verve indiſcrete*, qui n'eſt là que
pour rimer, & qui eſt non ſeulement une
des Epithedes froides dont il ſe mocque,
mais encor une Epithete tres-inutile ,
comme il en a mis d'autres en beaucoup
d'endroits. De ſorte qu'on void qu'il ſe
plaint tres-injuſtement de ſa Muſe à cét
égard, & qu'elle luy ſouffre tout.

Verve inſencée, eſt une repetition bien
ſoudaine de Verve indiſcrete , & n'eſt

gueres plus necessaire.

Le jour à rien faire, il faloit mettre le jour, & ne rien faire.

On pourroit dire encore, comme nous avons déja dit, sur d'autres endroits, que toute cette Tirade en general est asés chargée de mots & de repetitions inutiles.

Mon cœur exempt de soin, libre de passion, &c. Si son cœur est libre de passion, il ne doit pas avoir de peine à donner des bornes à son ambition, puisque l'Ambition est une passion.

Presence importune des grandeurs, pour dire l'approche ou la frequentation des grands est une improprieté & une enflure insuportable.

Pour me consumer, consumer ne se dit point ainsi absolument, il faut adjoûter immediatement, en quoy on se consume, je me consume en frais : je me consume en Rimes, &c.

Les *noires fureurs d'une frenesie* est un pleonasme affreux qui fait autant de peur par les paroles que par le sens ; & l'on ne se défietoit jamais que cela d'eust aboutir à écrire poliment.

Et sans parler que ces Vers & ceux qui

fuivent ne font qu'une repetition des
precedens. On peut demeurer d'accord
que le Demon qui luy infpira le deffein
d'écrire poliment , eftoit un pauvre
Diable, jamais homme ne foit plus é-
loigné de la politeffe que Defp....

Malgré moy , cloüé fur un Ouvrage , cela
eft bien étrange qu'il ne foit pas cloüé
de fon bon gré·

Retouchant un endroit , effaçant une page. Il
pouvoit auffi bien dire effaçant un endroit, retouchant une page.

J'envie en écrivant, en écrivant eft entie-
rement inutile; fur tout aprés avoir dit
qu'il paffe fa vie en ce métier.

Je ne fai encore fi paffer fa vie en un
métier, eft dit bien naturellement·

*Bien-heureux Scudery , dont la fertile
plume ,* fertile plume , fertile veine revient inceffamment· On voit que nôtre
Auteur a peu de moules de vers:& quand
fa Mufe enfante, dans fes frequentes cou-
ches , elle fait fervir les mémes moules
à plufieurs Embrions·

Peut tous les mois fans peine ; mauvais hemiftiche *fans peine* eft de la bourre
pour enfler le vers, auffi bien que peut;
car le droit fens étoit de mettre *enfante.*

Sans art & languiſſans
Semblent eſtre formés en dépit du bon ſens.

Il ne s'enſuit pas que des écrits ſans Art & languiſſans ſoient contre le bon ſens, ils peuvent avoir toutes les mechantes qualités de la Poëſie, & eſtre ſenſés. Mais comme nous l'avons tant dit, c'eſt l'ordinaire de nôtre Auteur, le dernier vers étoit fait le premier, & l'envie de le placer l'a empeſché de prendre garde à la juſteſſe.

Malheureux mille fois, &c. En verité cela n'eſt pas permis ! Quoy rabiller toûjours les mémes Images. Ie vous prie de remarquer, *malheureux mille fois celuy dont la manie* & le vers ſuivant, plus haut il vient de dire, *maudit ſoit le premier dont la verve inſenſée*, & ce qui ſuit, n'eſt-ce pas preſque la même choſe ? voyés encor ce mille fois, combien de fois luy a-t-il ſervi ?

Les vers ſuivans ſont mauvais. *Ravi d'étonnement*, on n'a jamais dit *ravi d'étonnement*, il faut dire plein d'étonnement. *ravy & s'admire*, c'eſt charger la fraſe de la méme ſignification & en diminuer la force. En lui-méme ſeroit peut-eſtre auſſi bien qu'en ſoi-méme. Mais enfin je me fatiguerai trop en vous fatiguant vous même par cette Monotomie perpetuelle.

Et je veux bien en faveur de ma lassitude faire grace au reste de la satire.

SATIRE III

QUEL sujet inconnu vous trouble
    & vous altere!
D'où vous vient aujourd'hui cét air som-
    bre & severe,
Et ce visage enfin plus pasle qu'un Rétier,
A l'aspect d'un arrest qui retranche un
    quartier?
Qu'est devenu ce teint, dont la couleur
    fleurie
Sembloit d'ortolans seuls, & de bisques
    nourie?
Où la joie en sõ lustre attiroit les regards,
Et le vin en rubis brilloit de toutes parts.
Qui vous a pû plonger dans cette hu-
    meur chagrine?   (sine?
A-t-on par quelque Edit reformé la cui-
Ou quelque longue pluie, inondant vos
    vallons,
A-t-elle fait couler vos vins & vos melõs?
Rêpondés donc dumoins, ou bien je me
    retire.
    P. ah! de grace, un moment, souf-
frés que je respire.
Je sors de chés un Fat, qui, pour m'em-
    poisonner,

Je pense, exprés chés lui m'a forcé de
  disner.

Je l'avois bien prévû. Depuis prés d'une
  année,   (stinée.
J'éludois tous les jours sa poursuite ob-
Mais hier il m'aborde, & me serrant la
  main :   (tens demain.
Ah! Monsieur, m'a-t-il dit, je vous at-
N'y manqués pas aumoins. J'ay qua-
  torze bouteilles
D'un vin vieux... Boucingo n'en a point
  de pareilles :
Et je gagerois bien que chés le Com-
  mandeur,
Villandri priseroit sa séve & sa verdeur.
Moliere avecTartuffe y doit joüer sõ rôle:
Et Lambert, qui plus est, m'a donné sa
  parole.
C'est tout dire en un mot, & vous le
  connoissés.
Quoi Lambert? Oüi, Lambert. A de-
  main : C'est assés.
    Ce matin donc, séduit par sa veine
  promesse
J'y cours, midi sonnant, au sortir de la
  Messe.
A peine étois-je entré, que ravi de me
  voir,

Mon

Mon homme, en m'embraſſant, m'eſt
   venu recevoir :
Et montrant à mes yeux une allegreſſe
   entiere,
Nous n'avons, m'a-t-il dit ni Lambert
   ni Moliere,
Mais puiſque je vous voy, je me tiens
   trop content.
Vous êtes un bravé homme : Entrés. On
   vous attend.
A ces mots, mais trop tard, reconnoiſ-
   ſant ma faute :
Ie le ſuis en tremblant dans une chambre
   haute,
Où, malgré les volets, le Soleil irrité
Formoit un poëſle ardent, au milieu dd
   l'Eſté.   (ſance,
Le couvert étoit mis dans ce lieu de plai-
Où j'ai trouvé d'abord, pour toute con-
   noiſſance,
Deux nobles Campagnards, grands lec-
   teurs de Romans,
Qui m'ont dit tout Cirus dans leurs longs
   complimens.
I'enrageois. Cependant on apporte un
   potage.   (page,
Un Coq y paroiſſoit en pompeux équi-
Qui changeant ſur ce plat & d'état & de
   nom,   I

Par tous les Cõviés s'eſt appellé Chapon.
Deux aſſiettes ſuivoient, dont l'une étoit
   ornée   (ronnée:
D'une langue en ragouſt de perſil cou-
L'autre d'un godiveau tout brûlé par
   dehors,
Dont un beure gluant inondoit tous les
   bords.
On s'aſſied : mais d'abord, nôtre troupe
   ferrée   (réc,
Tenoit à peine au tour d'une table quar·
Où chacun , malgré ſoi, l'un ſur l'autre
   porté,
Faiſoit un tour à gauche , & mangeoit
   de coſté,
Jugés en cet état, ſi je pouvois me plaire,
Moi qui ne côte rien ni le vin, ni la chere;
Si l'on n'eſt plus au large aſſis en un feſtin,
Qu'aux Sermons de Caſſaigne, ou de
   l'Abbé Cotin·
     Nôtre Hoſte, cependant, s'adreſſant
   à la troupe :
Que vous ſemble, a-t-il dit, du gouſt de
   cette ſoupe?
Sentés-vous le citron dont on a mis le jus,
Avec des jaunes d'œuf meſlés dans du
   verjus?
Ma foi, vive Mignot, & tout ce qu'il
   appreſte·

Les cheveux cependant me dreſſoient à
    la teſte :
Car Mignot, c’eſt tout dire, & dans le
    monde entier,
Jamais empoiſonneur ne ſçeut mieux
    ſon métier.
J’approuvois tout pourtant de la mine &
    du geſte,
Penſant, qu’au moins le vin dûſt reparer
    le reſte.
Pour m’en éclaircir donc, j’en demande.
    Et d’abord,   (bord,
Un Laquais effronté m’apporte un rouge
D’un Auvernat fumeux , qui meſlé de
    Lignage,
Se vendoit chés Crenet, pour vin de
    l’Hermitage ;
Et qui rouge en couleur, mais fade &
    doucereux,
N’avoit rien qu’un gouſt plat, & qu’un
    déboire affreux :
A peine ay-je ſenti cette liqueur traitreſſe,
Que de ces vins meſlés j’ai reconnu l’a-
    dreſſe.
Toutefois avec l’eau que j’y mets à foiſõ,
J’eſperois adoucir la force du poiſon.
Mais qui l’auroit pensé? pour comble de
    diſgraçe ,

Par le chaud qu'il faiſoit nous n'avions
    point de glace.
Point de glace, bon Dieu! dans le fort
    de l'Eſté,
Au mois de Juin! Pour moi, j'étois ſi
    tranſporté,
Que donnant de fureur tout le feſtin au
    Diable;
Je me ſuis veu vingt fois preſt à quitter
    la table;
Et dûſt-on m'appeler & fátaſque .. bouru
J'allois ſortir enfin : quand le roſt a paru.
        Sur un liévre flanqué de ſix poulets
    étiques,   (tiques.
S'élevoient trois lapins, animaux domeſ-
Qui dés leur tendre enfance élevés dans
    Paris,
Sentoient encor le chou, dont ils furent
    nourris.
Au tour de cet amas de viandes entaſſées,
Regnoit un lõg cordõ d'alouetes preſsées,
Et ſur les bords du plat, ſix pigeons
    étalés   (tes brûlés.
Preſentoient pour renfort leurs ſquelet-
A coſté de ce plat paroiſſoiét deux ſalades,
L'une de pourpier jaune, & l'autre d'her-
    bes fades,
Dont l'huile de fort loin ſaiſiſſoit l odorat,

Et nageoit dans des flots de vinaigre rosat.
Tous mes Sots à l'inſtant, changeant de
    contenance,
Ont loüé du feſtin la ſuperbe ordónance:
Tandis que mon Faquin, qui ſe voioit
    priſer   (ſer.
Avec un ris mocqueur les prioit d'excu-
Sur tout certain Hableur, à la geule af-
    famée,
Qui vint à ce feſtin, conduit par la fumée:
Et qui s'eſt dit Profés dans l'ordre des
    Coſteaux,
A fait en bien mangeant, l'eloge des
    morceaux.
Je riois de le voir avec ſa mine étique,
Son rabas jadis blanc, & ſa perruque an-
    tique,
En lapins de garenne ériger nos clapiers,
Et nos pigeons Cauchois, en ſuperbes
    ramiers :
Et pour flater nôtre Hoſte, obſervant
    ſon viſage
Compoſer ſur ſes yeux, ſon geſte & ſon
    langage.   (ce point:
Quand nôtre Hôte charmé, m'aviſant ſur
Qu'avés-vous donc, dit-il, que vous ne
    mangés point?
Ie vous trouve aujourd'huy l'ame toute
    inquiette.

Et les morceaux entiers restent sur vô-
  tre assiette
Aimés-vous la muscade ? on en a mis par
  tout.   (veilleux goust.
Ah! Monsieur, ces poulets sont d'un mer-
Ces pigeons sont dodus, mangés sur ma
  parole.   (che & molle.
J'aime à voir aux lapins cette chair blan-
Ma foy, tout est passable, il le faut con-
  fesser :   (passer.
Et Mignot aujourd'huy s'est voulu sur-
Quand on parle de sauce il faut qu'on
  y raffine.
Pour moi, j'aime sur tout que le poivre
  y domine :
J'en suis fourni, Dieu sçait, & j'ai tout
  Pelletier   (pier.
Roulé dans mon office en cornets de pa-
A tous ces beaux discours, j'étois côme
  une pierre,
Ou comme la Statuë est au festin de
  pierre;
Et sans dire un seul mot, j'avallois au
  hazard,
Quelque aile de poulet, dont j'arrachois
  le lard.
      Cependant mon Hableur, avec
une voix haute,

Porte à mes Campagnards la santé de
　　nôtre Hoste :
Qui tous deux pleins de joie, en jettant
　　un grand cri,
Avec un rouge bord acceptent son défi.
Un si galand exploit réveillant tout le
　　monde.　　　　　　　　　　　(de,
On aporte par tout des verres à la ron-
Où les doigts des Laquais dans la crasse
　　tracés
Témoignoient par écrit qu'on les avoit
　　rincés.　　　　　　　　　　(cholique,
Quand un des Conviés d'un ton melan-
Lamentant tristement une chanson ba-
　　chique ;
Tous mes Sots à la fin ravis de l'écouter,
Détonnant de concert, se mettent à
　　chanter.
La Musique sans doute étoit rare & char-
　　mante :　　　　　　　　　(glapissante,
L'un traine en longs fredons une voix
Et l'autre l'appuyant de son aigre fausset,
Semble un violon faux qui jure sous
　　l'archet.
　　　　Sur ce point, un jambon d'assés
　　maigre apparence,
Arrive sous le nom de jambõ de Mayéce,
Un Valet le portoit, marchant à pas
　　contés.

Comme un Recteur suivi des quatre
 Facultés.
Deux Marmittons crasseux revétus de
 serviettes,   (deux assiettes,
Lui servoient de Massiers, & portoient
L'une de champignons, avec des ris de
 veau,   (dans l'eau.
Et l'autre de poids verds, qui se noyoient
Un spectacle si beau surprenant l'assem-
 blée,   (blée :
Chés tous les Conviés la joye est redou-
Et la troupe à l'instant, cessant de fre-
 donner,   (sonner.
D'un ton gravement fou, s'est mise à tai-
Le vin au plus müet fournissant des
 paroles,
Chacun a debité ses maximes frivoles,
Reglé les interests de chaque Potentat,
Corrigé la Police, & reformé l'Estat ;
Puis delà s'embarquant dans la nouvelle
 guerre,   (terre.
A vaincu la Hollande, ou battu l'Angle-
Enfin, laissant en paix tous ces peuples
 divers,
De propos en propos on a parlé de vers.
Là, tous mes Sots enflés d'une nouvelle
 audace,   (Parnasse.
Ont jugé des Auteurs en maistres du
                                   Mais

Mais nôtre Hoste sur tout , pour la jus-
   tesse & l'art,
Elevoit jusqu'au Ciel Theophile & Ron-
   sard.   (moustache,
Quand un des Campagnards relevant sa
Et son feutre à grands poils ombragé
   d'un pennache,
Impose à tous silence , & d'un ton de
   Docteur,   (Auteur?
Morbleu! dit-il,la Serre est un charmant
Ses vers sont d'un beau stile; & sa pro-
   se est coulante.
La pucelle est encor une œuvre bien
   galante,   (lisant-
Et je ne sçai pourquoi je baaille en la
Le Païs sans mentir, est un bouffon plai-
   sant :
Mais je ne trouve rien de beau dans ce
   Voiture.   (ture-
Ma foi, le jugement sert bien dans la lec-
A mon gré, le Corneille est joli quelque-
   fois.   (çois-
En verité pour moi, j'aime le beau Fran-
Ie ne sçai pas pourquoi l'on vente l'A-
   lexandre :   (de tendre-
Ce n'est qu'un glorieux, qui ne dit rien
Les Héros chés Rainaut parlent bien
   autrement.

K

Et jusqu'à *je vous hais;* tout s'y dit ten-
        drement.
                                        tire,
On dit qu'on l'a drapé dans certaine Sa-
Qu'un jeune homme··· Ah! je sçai ce que
        vous voulés
A répondu nostre Hoste , *Vn Auteur sans*
        defaut ,
La raison dit Virgile, & la Rime Kainaut,
Iustement. A mon gré, la piece est assés
        plate :
Et puis blâmer Kainaut··· Avés-vous vû
        l'Astrate ?   (chevé.
C'est là ce qu'on appelle un ouvrage a-
Sur tout *l'Anneau Royal* me semble bien
        trouvé.
Son sujet est conduit d'une belle maniere,
Et châque acte en sa piece est une piece
        entiere···
Je ne puis plus souffrir ce que les autres
        font.
        Il est vrai que Kainaut est un esprit
        profond :   (crette
A repris certain Fat , qu'à sa mine dis-
Et son maintien jaloux, j'ai recônu Poëte,
Mais il en est pourtant, qui le pourroient
        valoir.   (rés voir,
Ma foi, ce n'est pas vous qui nous le fe-
A dit mon Campagnard avec une voix
        claire.

Et déja tout boüillant de vin & de colere.
Peut-eftre, a dit l'Auteur paffiffant de
    courroux :
Mais vous, pour en parler, vous y con-
    noifsés-vous ?
Mieux que vous mille fois, dit le Noble
    en furie.
Vous ? Mon Dieu, mêlés-vous de boire
    je vous prie,
A l'Auteur fur le champ aigremét reparti.
Je fuis donc un Sot ? Moi ? vous en avés
    menti :
Reprend le Campagnard, & fans plus de
    langage,
Lui jette pour défi fon affiette au vifage:
L'autre efquive le coup, & l'affiette volát,
S'en va fraper le mur, & revient en roülát.
A cét affront, l'Auteur fe levát de la table,
Lance à mon Campagnard un regard ef-
    froyablê :
Et chacun vainemét fe ruant entre-deux,
Nos braves s'accrochant fe prennent aux
    cheveux,   (versées,
Auffi-toft fous leurs pieds les tables ren-
Font voir un long débris de bouteilles
    cafsées :
En vain à lever tous les Valets font fort
    pronts ,

Et les ruisseaux de vin coulér aux envirôs.
      Enfin, pour arrester cette lutte bar-
   bare,
De nouveau l'on s'efforce, on crie, on
   les separe,   (ment,
Et leur premier ardeur passant en un mo-
On a parlé de paix & d'accomodement.
Mais tandis qu'à l'envi tout le monde
   y conspire,
J'ai gagné doucement la porte sans rien
   dire :
Avec un bon sermêt, que si pour l'avenir,
En pareille cohuë on peut me retenir,
Je consens de bon cœur pour punir ma
   folie,
Que tous les vins pour moi deviennent
   vins de Brie,   (vers,
Qu'à Paris le gibier manque tous les Hy-
Et qu'à peine au mois d'Aoust l'on man-
   ge des poids verds.

EXAMEN DE LA III. SATYRE.

L'AUTEUR devroit avoir fait des merveilles dans cette Satyre ; car elle est formée exprés pour faire valoir les moindres plaisanteries : elle est chargée de tant de personnages ridicules, qu'il semble impossible qu'elle ne frape par quelque endroit dans les jeux differens que le Poëte leur fait faire : cependant au lieu d'avoir profité des beaux modeles de l'homme, que Moliere a pris dans la Nature, il donne à ses caracteres des travers si outrés, que le plus souvent ils nous fatiguent, au lieu de nous divertir.

Je ne m'arresteray plus d'oresnavant à examiner chaque mot à la rigueur, je veux bien luy pardonner quelque pauvreté d'esprit, je luy passeray se rimes chevilles & ses cesures disloquées, puis qu'on voit qu'il tire de soy par art & par travail plus qu'il ne peut. Voyons la donc avec indulgence, ne parlons point de plusieurs petites choses qu'on luy pourroit d'abord reprocher icy, comme par exemple de son *aujourd'huy*, de *l'aspect d'un Arrest*, de ses *ortolans seuls*, & de son visage *plus pasle qu'un rentier*, toutes *façons de parler*, ou inutiles ou imparfaites, ou superfluës, en l'endroit où il les met. Venons aux fautes qui me paroissent plus considerables.

Voicy ce me semble une faute de jugement, il dit que le vin brille de toutes parts sur le visage d'un homme à qui il avoit donné déja une couleur fleurie. Ce vin en *rubis* nous represente un teint couperosé, & un nez peint en cramoisi; ce qui détruit l'agreable idée qu'il avoit donnée d'abord, de ce qu'on apelle un teint fleury, qui est un mélinge de belles couleurs.

Autre faute de jugement, *quelque longue pluye inondant vos valons*, a-t-elle fait couler vos *vins & vos melons* ? Depuis quand est-ce qu'on plante les vignes, & qu'on seme les melons dans les valons ? Cette maudite pluye a tout emporté avec raison ; car ce n'est pas là leur place.

On void dans cette satire comme dans les autres, qu'il se euë à chercher des images ridicules : mais quoi qu'il s'efforce d'estre plaisant, & qu'il se donne toûjours

un air goguenard, on ne reconnoiſt que
trop que c'eſt un Bourgeois qui gauſſe.

Il ſautille de Cotin à Pelletier, de Cha-
pelain à Quinaut, parlant toûjours à tort
& à travers de bon ſens & de raiſon; re-
frain perpetuel de ſa morale de Campagne. Et vous remarquerés combien de
fois il fait revenir les mémes noms, les
mémes choſes, les mémes penſées.

Repondés donc du moins &c. à peine a-t-
il dit de répondre, qu'il menace de ſe
retirer; quoi que l'autre ait ſa réponſe
preſte.

Je ſors de chés un fat. En verité ce mot
de fat que l'Auteur repete ſi inconſide-
rément, me fait de la peine pour lui.

Je penſe exprés chés lui. Cet exprés eſt bien
placé là pour faire balbutier l'hemiſtiche,
Deſp. ne ſauroit faire un vers ſimple qui
narre nettement.

Depuis prés d'une année, à quoi ſert ce prés.

Qu'il y a une grande difference du ſei-
tin de Regnier à celui-ci. Le ridicule
qu'introduit Regnier eſt de tous les tems
& de toutes les Nations: car c'eſt un
pedant dont le ridicule eſt connu partout.
Mais pour un Marquis, un Campagnard
& un méchant flateur, ces ſortes de

perſonnages ſont particuliers à la France,
& ne ſont point connus des autres nations. Avant Moliere, on ne connoiſ-
ſoit ni Marquis ni precieuſes.

C'eſt pourquoi il eſt plus aiſé à Deſp.
de parafraſer Moliere, de le voler même,
& d'ajoûter quelque choſe du ſien à ces
voleries, qu'il n'eſt aiſé de trouver des
choſes neuves dans les ſujets uſés par l'antiquité. Il y a dans les vers de Regnier
en la deſcription du Pédant & du feſtin,
des reliefs recherchés dans la choſe méme
& qui touchent naturellement.

Il eſt facile d'aller d'un ridicule à un
autre, du Marquis au Campagnard grád
liſeur de Romans, d'un fat à un imper-
tinent. Cela fait prendre haleine à l'Auteur : mais quand il faut enfoncer un
ſujet ſimple, & le rendre plaiſant dans
toutes ſes parties comme a fait Regnier;
c'eſt là le grand Poëte, revenons aux vers.

Moliere avec Tartuffe, pourquoi en faire
deux perſonnages? Moliere & Tartuffe
ne font qu'un. Pourquoi auſſi cet *avec?*
Je n'ai jamais tant veu de chevilles. Il
fait recrier ſur Lambert ſavés vous le
fin de tout cela. C'eſt pour faire dire,
vous le connoiſſés, afin de ſortir de ſa
Tirade

Tirade de vers, & fermer le sens; à demain c'est assés.

Ce matin donc séduit &c. Ces deux vers sont forcés & bas dans une narration. Ce sont des minuties & des circonstances inutiles. Il ne le fait sortir de la Messe que pour la rime; le *midi sonnant* est superflu & indigne d'un Poëte comme il croit l'estre.

Malgré les volets le Soleil irrité. Est ce que les *volets* empeschent l'irritation du Soleil? *malgré* les volets est donc inutile, ou du moins embarrassé. Il eust fallu changer l'hemistiche pour employer le Soleil irrité.

Formoit un poësle ardent est bien : mais *au milieu de l'Esté* diminuë l'image, & est absolument inutile. Aprés avoir dit que le *Soleil irrité* formoit un *poësle ardent.* Tout ce qu'on ajoûte gaste ce qu'on a dit.

Le couvert étoit mis dans ce *lieu de plai_sance,* lieu de plaisance est impropre pour marquer une chambre haute ou basse. Il signifie une maison de Campagne, & ne peut jamais estre employé de la maniere qu'il est icy.

Ce coq qui fut appellé *chapon* est une plaisanterie bien maigre & bien plate.

Ce pompeux équipage cause bien de l'embarras pour peu de chose. Le Lecteur ne sait d'abord à quoi le raporter. Et à prendre ces vers à la rigeur, il sembleroit que ce seroit l'équipage qui changeroit de nom, car il est plus prés. Par exemple, si on disoit ; un homme parroissoit en habit magnifique, qui fut trouvé le plus beau de tous : on entendroit je pense l'habit, ou dumoins la chose demeureroit embroüillée.

Quand il dit une *assiette ornée*, on n'entend que les bords, & point du tout le fonds de l'assiette : il faloit ornée de fleurs, ou de son persil ; même ce n'est que pour rimer & rembourer les vers.

C'est le plus petit inconvenient qui puisse arriver à un godereau d'estre brûlé par *dehors* ; mais c'est abuser étrangement de la langue, que de dire *tous les bords* d'ungodiveau ; il faloit se contenter de dire *les bords*.

Tenoit à peine autour. Toûjours le sens coupé par la mesure : Ce sont des Hémistiches à la Despreaux.

D'une Table quarrée, il faut qu'une table quarrée soit bien petite, pour que six hommes n'y puissent tenir ; car on ne connoiſt pas davantage de convives.

Songés en cét état, par la mauvaiſe ceſure ;
C'eſt le Lecteur qu'on met en cet état.
Ce n'eſt plus l'homme qui eſt à table.

La chere ne ſe dit point ſeule, il faut
ce me ſemble bonne ou mauvaiſe chere ;
& d'ailleurs je croy que le vin y eſt compris.

S'adreſſant à la troupe eſt bien inutile. C'eſt
la rime riche de ſoupe qui y a forcé l'Auteur.

Sentés-vous le citron ? Pourquoi ajoûter
dont on a mis le jus. Et puis aprés pour rendre ces vers encore plus ridicules, voici
des jaunes d'œuf meſlés dans du verjus. Cela
fait un conflit d'Acrimonie aſſés bouffon ;
le citron meritoit bien d'être allegué ſeul ;
on pouvoit laiſſer le verjus dormir en
patience ſur la grape ſans le venir preſſer
mal à propos : mais comme *jus* rime ad-
mirablement à *verjus,* ça eſté le grand char-
me qui a engagé l'Auteur à les meſler ici
tous deux.

Mignot grand empoiſonneur, trop exageré
ſans le rendre plaiſant : du moment qu'il
faut narrer de ſuite, Deſp... tombe dans
la baſſeſſe & la froideur du ſtile, ou conte
chemin, faiſant force fadaiſies inutiles.

*N'avoit rien qu'un gouſt plat & qu'un déboire
affreux.*

Ce tour n'eſt point bon, il ſemble qu'il
attendoit quelque choſe au delà du gouſt
plat & du déboire; il falloit dire ſans la
negative & ſans le *rien*, avoit un gouſt
plat, avoit un déboire affreux.

De ces vins meſlés je reconnu l'adreſſe : il y a
ici bien de l'improprieté & du galimatias.

Nous n'avions point de glace : il vient de
boire ce méchant vin. Cependant il ne
s'apperçoit qu'il n'y a point de glace que
quand il y met de l'eau, outre que le rou-
gebord que le Laquais effronté lui apporte, lui devoit empeſcher de mettre de
l'eau à foiſon. Mais quelle petiteſſe d'exa-
geration point de glace bon Dieu! le vin
pouvoit eſtre frais ; il n'y a donc que l'eau
qui nous faſſe mettre en doute qu'il fuſt
à la glace. On ne void point ces badineries dans Regnier, il ſe tient teûjours au
gros de la plaiſanterie ; il en obſerve les
degrés, & ne ſe divague point en des fa-
daiſes d'eſcolier & de méchant gouſt,
comme fait nôtre homme.

Point de glace au fort de l'Eſté; pourquoi ajoûter à l'autre vers au mois de
Juin? aprés avoir dit un peu plus haut au

milieu de l'Efté· Voila ce grand Poëte,
ce grand Cenfeur, l'épouvantail des autres Efcrivains·

Fantafque & bourru ; n'y avoit-il pas affés
de l'un ou de l'autre·

Il falloit fortir : mais qu'eft-ce qu'il y
avoit de capable de l'arrefter , c'eft le roft
qui paroift & qui calme fa colere· Je croy
qu'aprés avoir dit j'allois fortir, le regime
demandoit *parut*, & non pas a paru.

La peinture des lapins eft fort bien :
c'eft peut-eftre un des meilleurs endroits:
il n'y a rien de fuperflu, les rimes font
naturelles, le fens jufte : les quatre autres
vers ne font pas de cette force, mais ils
ne font pas mal·

C'eft le fort de l'Auteur quand il a de
ces peintures à faire, il s'en acquitte
mieux que quand il reprefente une hif-
toire où il faut un deffein correct & jufte.
Et vous remarquerés auffi qu'il fait ce
qu'il peut pour aller de crotefque en crotefque, car il eft méchant defignateur·

Un hableur à la geule affamée : cette façon
de parler eft trop populairement prover-
biale·

Conduit par la fumée eft bien, mais tres-
vulgaire, & l'on reconnoift que ce per-

fonnage eſt encore formé ſur le moule de Damon.

Quand nôtre hôſte charmé, &c. Les vers cy-deſſus ne ſont pas ſi bons que les autres, le mot d'hôte eſt déja revenu trop ſouvent.

M'aviſant ſur ce point, cela eſt fiché là par force, & l'on ne ſçait qu'elle façon de parler c'eſt là.

L'Ame toute inquiette, comment accordera-t-il cette inquietude, avec l'immobilité de la ſtatuë qu'il s'attribuë enſuite. Et qui a jamais veu de ſtatuë inquiete!

Pelletier roulé en cornets de Papier eſt une plaiſanterie tres-vulgaire, qu'il repete inceſſamment, & qu'il a trouvée dans Perſe, d'où il l'a priſe mot à mot.

Les doigts des Laquais dans la craſſe tracés, ſont d'un tres-beau ſens; mais on entendroit auſſi toſt qu'on a rincé les doigts où les Laquais que les verres. Si le Verbe étoit d'une ſignification équivoque, il ſe rapporteroit à Laquais naturellement.

Voix glapiſſante, & aigre fauſſet ne different gueres, & ne font plus d'Image.

Violon faux est aſſés bon ; mais la rime de ce Vers eſt tres-pauvre.

Sur ce point il n'étoit point neceſſaire de repeter une ſi mauvaiſe façon de parler, *n'avijant ſur ce point* venoit d'eſtre dit.

Voicy encore la même fraſe, la meſme idée & la même plaiſanterie fade, ce *Jambon* arrivant *ſous le nom de Jambon de Mayence*, eſt le Coc appellé Chapon.

Cette narration en general eſt trop lâche, trop reſſemblante aux autres dans le tour & les expreſſions.

Toûjours les mêmes choſes. *Vn ſpecta-cle ſi beau ſurprerant l'aſſemblée : Vn ſi galant taſlan recreant tout le mende.* N'eſt ce pas bien faire le terme en deux façons? Il faut avoüer que cette diſette eſt bien grande, puis qu'on luy voit toûjours rabiller les penſées de même ſorte, *dés même les Conviéls ſont tous à table enſemble*, à quoy ſert c& ce *chés eux la Conviés*; il ſemble que c'eſt un autre teſtin, & qu'il ne parle plus des mêmes perſonnes, in-continent aprés c'eſt la Troupe.

Les deux vers de la peinture du Campagnard ſentent le vieux : ce ſont des Tableaux des Siecles paſſés. Il n'y a plus de mouſtaches ny de feutres à longs poils; mais l'Autheur ſe ſert de tout pour eſtre plaiſant: & il eſpere que ceCampagnard ſera plus riſible, change ſubitement en Docteur.

Le Corneille eſt joly, c'eſt tout ce que le Campagnard dit de bien.

Ie ne ſçay pas pourquoy l'on vante l'Alexandre. Cette Tragedie ne s'eſt pas acquis une approbation ſi generale que l'Autheur le veut faire penſer; jamais Quinault n'a tant répandu de ſucre & de miel dans ſes opera. que le grand Racine en a mis dans ſon Alxandre, nous faiſant du plus grand Heros de l'Antiquité, un ferluquet amoureux. le métonne que Deſp.... ait touché cette matiere & l'Ironie eſt fort dangereuſe.

Peut-eſtre méme qu'il n'y a rien qui ſoit plus dans le genre de la vraye Tragedie que l'eſt Aſtrate. Je ne ſai ſi l'Anneau Royal eſt plus mauvais que l'Eſpée de Phedre, & que la defaillance Poëtique qu'on donne à cette Reine. Mais il eſt aiſé de tourner tout en méchant ridicule; en diſant ſeulement quelque mot au hazard, & ſans rien aprofondir.

La raiſon dit Virgile &c. Nous avons re marqu_

é

marqué déja combien cela est froid. Mais c'est encore bien pis quand on repete une si foible pensée, comme quelque cho-se de rare. La belle maniere de parler! quand il a nommé Virgile il est bien fort. Il seroit bien fâché de rien penser ni de rien dire, qui n'eust une relation intrin-seque avec Virgile ou avec Homere. Mais nous qui n'avons pas envie d'abandon-ner la Religion du bon sens & de la rai-son, pour nous jetter dans l'Idolatrie de l'Antiquité: nous lui laisserons admirer les belles harangues de Mezence à son Cheval, & de Turnus à sa pique. Nous souffrirons volontiers que Desp. soit ex-tasié des sublimes, comparaison d'Aiax en asne, & de la mere de Lavinie en sa-bot, foüetté par les petits enfans.

Nous ne doutons pas que ce grand Auteur ne fust tout glorieux au retour de ses Caravannes de guerre en Flandre, d'estre comparé à un Baudet dans un blé, harcelé par les Cotins & par les Pelletiers, & fustigé par les mains sucrées du dou-cereux Quinaut. Il n'est rien de plus aisé que de raporter simplement des noms, selon que la rime les presente, & l'on pourroit lui dire par sa même méthode.

M

Si je veux exprimer une Muſe divine
   La raiſon dit Corneille, & la rime
    Racine.

Voila un jugement bien deciſif, qui n'eſt
fondé que ſur une oppoſition fortuite de
mots : aſſeurément il ne faut point ſuer
ni ſe tuer, comme il dit pour trouver
de pareilles choſes.

Tout le reſte de cette Satyre me ſemble froid de plus en plus, les Vers n'en
ſont gueres bons, le terme de fat, revient encore, l'Epithete de *Diſcrete*, dés
qu'il rime à *Poëte* il n'en connoiſt point
d'autre ; comme auſſi la rime d'importune & de Fortune, il nous feroit pref-
que ſoupçonner qu'il veut imiter Homere, qui redit toûjours les mémes epithetes. La querelle eſt mal verſifiée & mal
dépeinte. Il eſt bié extraordinaire qu'une
aſſiette revienne en roulant : voila un
bel endroit à remarquer, & cela fait une
grande image, toûjours *Campagnard* eſt
en Campagne. Il ne ſauroit ſe tirer de la
moindre narration, ſans repeter inceſſa-
ment ou les mots ou les choſes.

Apparemment les bouteilles étoient
cachées ſous les tables, puiſqu'on ne les
apperçoit qu'aprés que les tables ſont ren-
verſées.

Les valets font fort promts, ce *fort promts*
eſt admirable, & cela pour s'accomoder
au méchant vers qui fuit, & qui ne fait
point de conſtruction legitime.

Pareille cohue ; il laiſſe à deviner s'il
y a d'autres Conviés, outre les quatre
qu'il nous déſigne.

Il finit en r'habillant une penſée qui
lui a déja ſervi, & qui n'eſt pas tant éclofe
de ſon cerveau, qu'imitée de mille endroits vulgaires. *Je conſens de bon cœur pour
punir ma folie &c. Il avoit dit avant qu'un tel
deſſein* m'entre dans la penſée, on pourra
voir la Seine à la ſaint Jean glacée.

Mais moi même je ſuis las de voir toûjours les mêmes choſes ; & je m'apperçois
trop que quand on a veu une de ſes ſa-
tires, on a preſque veu toutes les autres.
Ce qu'il y avoit même de plus ſuporta-
ble dans cette premiere veuë, devient
ennuyeux par les redites. Et c'eſt ce qui
m'oblige à ſuſpendre au moins cet Exa-
men. Il faudroit tomber neceſſairement
dans ſes défauts, & je ne pourrois avoir
de nouvelles manieres de le reprendre,
tandis qu'il m'offriroit toûjours les mêmes fautes à corriger. Je ne m'y ſerois
pas engagé, ſi j'avois préveu toute la fa-

tigue qui s'y rencontre ; & si vos beaux
vers ne m'avoient animé. Cependant si
ce que je vous envoye ne vous déplaist
pas, & que vous m'ordonniés de conti-
nuer, je pourrai pour l'amour de vous
achever mes observations, & je m'ex-
poserai volontiers à m'ennuyer pour
vous divertir.

9 782016 145180